MARCIA KUPSTAS

VINTE & REVER

EMOÇÕES E PAIXÕES LITERÁRIAS

CONTOS CLÁSSICOS ADAPTADOS PARA UMA NOVA GERAÇÃO

editora coerência

MARCIA KUPSTAS

VINTE REVER

EMOÇÕES E PAIXÕES LITERÁRIAS

CONTOS CLÁSSICOS ADAPTADOS
PARA UMA NOVA GERAÇÃO

DIREÇÃO EDITORIAL
Lilian Vaccaro

COORDENAÇÃO EDITORIAL
Bianca Gulim

PREPARAÇÃO
Raquel Escobar

REVISÃO
Raquel Escobar
Bianca Gulim

CAPA
Décio Gomes

DIAGRAMAÇÃO
Fabiana Mattos

DADOS INTERNACIONAIS DE CATALOGAÇÃO DA PUBLICAÇÃO (CIP)

Kupstas, Marcia;
Vinte rever
1ª edição — São Paulo: Coerência, 2019

ISBN: 978-85-5327-178-8

1. Contos brasileiros I. Título

CDD. 869.3

Editora Coerência
Avenida Paulista, 326, cj 84
Bela Vista – São Paulo – SP

PREFÁCIO

As histórias da sua vida

Amo as histórias. Sou escritora profissional há mais de trinta anos e tenho nos livros o meu sustento em todos os sentidos: eles alimentam minha imaginação, completam meu tempo de lazer, seduzem-me com o estilo e são meu ganha-pão.

Os livros são a vida em forma de palavras. Com as histórias, aprendemos sobre os sentimentos comuns a todos os homens. Boas histórias não morrem. Há narrativas milenares que mantêm o frescor ao abordar temas recorrentes, como amizades falsas ou verdadeiras, conflitos familiares, vinganças ou atos de justiça, amores abnegados ou traiçoeiros...

Acredito que o leitor de boas histórias fica vacinado contra os maus sentimentos. Aprende a identificar e questionar as próprias emoções, aprende a reconhecer e a evitar as atitudes perniciosas de outros.

Quem gosta de ler sabe disso. Aqueles que dizem não gostar fingem pouco-caso, mas agem igualzinho ao cara curioso que para diante da porta onde acontece uma festa, coloca o olho no buraco da fechadura, mas não tem coragem de entrar...

Gostaria de oferecer a chave para essa porta. Acredito que, exceto por dificuldades básicas de alfabetização, o *não-leitor* na verdade não encontrou o seu livro. Livros são nossos amigos. Livros podem ser mestres. Livros podem ser até nossos amantes! Falta achar a história certa, aquela que fale à nossa alma!

Muitas histórias me trouxeram essa sensação gloriosa de reconhecimento e empatia. Sou uma leitora apaixonada e guardo na memória muito do que li. Em minha carreira, também tive o privilégio de adaptar narrativas clássicas de autores que admiro.

Leitor, permita que eu divida com você um pouco da emoção dessas histórias. *Vinte Rever* reúne vinte histórias que me seduziram como leitora. Há personagens emblemáticos e muito conhecidos; outros são realmente anônimos. Há fábulas ou lendas sem autoria definida. Outros textos são clássicos, que procurei simplificar ou resumir, adequando-os a um estilo contemporâneo, mais acessível ao leitor de hoje. A intenção maior sempre foi a sedução. Quis que você, leitor, saboreasse estas histórias com o prazer com que devora um pedaço de bolo na casa da vovó!

Não sou pretensiosa nem ignorante para supor que esta antologia encerra um projeto de leitura. É uma seleção pessoal, reduzida a vinte histórias até para "fechar" o volume em *Vinte Rever*(es). Dezenas de magníficos autores estão ausentes e certamente milhares de histórias... Porém, é um primeiro passo. Espero que você prossiga a caminhada e elabore seu particular elenco de favoritos.

Boa leitura!

UM BENVINDO MONSENHOR

Victor Hugo

Os Miseráveis, de Victor Hugo, é uma obra-prima da literatura mundial. Traz personagens soberbos, que seduziram e comoveram gerações de leitores. É também um romance encorpado e descritivo, ao gosto do século XIX. *Um Benvindo Monsenhor* é minha versão sintetizada dos primeiros capítulos do romance, privilegiando uma cena admirável: a redenção de um homem. Afinal, todos nós, do mesmo modo que aconteceu com Jean Valjean, deveríamos merecer uma segunda chance na vida!

Victor-Marie Hugo, mais conhecido como **Victor Hugo** (1802-1885), foi escritor, poeta, ensaísta e dramaturgo francês. Autor de *Os Miseráveis*, *Notre-Dame de Paris* (popularmente, *O Corcunda de Notre-Dame*), *Os Trabalhadores do Mar*, entre outros.

Os acontecimentos que levaram o Sr. Carlos Francisco Bienvenu Myriel a se tornar Monsenhor Benvindo sempre foram apresentados de maneira gloriosa e mesclada de fantasia. Mas, exageros à parte, os moradores da região de Digne, na França, sempre acreditaram em alguma interferência divina em sua nomeação devido à extraordinária atuação desse homem na vida de muita gente.

O bispo Myriel participou de muitos feitos admiráveis, mas há um que merece destaque... Para conhecer melhor a história, que envolve a regeneração moral de uma alma perdida, é preciso, porém, que se conheça antes um pouco da biografia dos envolvidos. Vamos a isso, então.

Até a idade madura, o Sr. Myriel levou uma vida mundana. Sua família era aristocrática, o pai o casou muito jovem com uma moça de família nobre. Durante a Revolução Francesa, Myriel e a esposa fugiram para a Itália, onde a jovem veio a falecer sem lhe dar filhos. Nos anos seguintes, pouco se soube a respeito do futuro bispo, mas provavelmente foi por essa ocasião que o viúvo sentiu despertar em seu coração o chamado de Deus.

O que se sabe é que, em 1804, Myriel retornou à França aos sessenta e poucos anos de idade na condição de pároco da região de Brignoles. Na época da coroação de Bonaparte, estava em Paris e solicitou uma audiência com o cardeal Fresch.

Aí começa a lenda... O cardeal era tio do imperador e, na sala de espera, dizem que houve o encontro de Myriel e de Napoleão. Percebendo a insistência com que aquele ancião o encarava, o imperador se virou de repente e perguntou:

— Por que me olha desse jeito? Quem pensa que é para fazer isso?

— *Sire* — respondeu Myriel calmamente. — Vossa Majestade vê um pobre homem enquanto eu vejo um grande homem. Ambos podemos aproveitar deste encontro.

A resposta pitoresca despertou a atenção de Bonaparte, que indagou ao tio cardeal sobre o nome daquele padre tão despachado. Ao cabo de uma semana, pela interferência imperial ou não, veio sua nomeação para o bispado de Digne, surpreendendo o próprio Myriel.

Mudou-se então para lá acompanhado da irmã Batistina, dez anos mais jovem que ele. Alta e pálida, jamais foi bonita. O que em sua mocidade era magreza, na idade madura se transformou em transparência. O seu vulto parecia uma sombra; tinha apenas o necessário para se determinar um sexo.

Ao tomar posse do palácio episcopal em Digne, os irmãos receberam os cuidados de Magloire, uma senhora baixa, nutrida, sempre agitada e respirando em arquejos por causa da asma. Uma dedicada criatura tanto à *mademoiselle* Batistina como ao Sr. bispo, a quem atendia com devoção.

A cidade, depois de ver o novo prelado estabelecido no governo espiritual da diocese, esperou pelos seus atos.

...

A primeira atitude do novo bispo foi em relação ao próprio local destinado à sua moradia. Era um belíssimo palácio, construído em torno de 1700, vizinho ao hospital. Tudo nele era majestoso: os aposentos do bispo, as salas, os inúmeros quartos, o pátio circundado por magníficas árvores… Na sala de jantar, um antigo bispo havia orgulhosamente oferecido um banquete para dezenas de nobres convidados numa mesa de mármore branco que era um primor de marcenaria.

O hospital era um edifício baixo e estreito, de um único andar e com um jardim miserável. Três dias depois de sua chegada, o novo bispo foi visitá-lo. Terminada a visita, pediu que o diretor o acompanhasse até sua casa. Recebeu-o no andar debaixo do palácio e começou suas perguntas:

— Sr. diretor, quantos doentes estão hospitalizados neste momento?

— Vinte e seis, monsenhor.

— São os que contei. As camas ocupam todo o espaço.

— É verdade… — confirmou o diretor. — As enfermarias são acanhadas e o ar se renova com dificuldade. Quando os doentes entram em convalescença, nosso jardim lhes dá pouca chance de tomar sol.

O diretor ainda lastimou a dificuldade de atender aos doentes em caso de epidemia, narrou um caso calamitoso de tifo, concluiu com um suspiro, dizendo que "só restava se conformar". Porém, conformar-se não era a intenção do novo bispo. Indicou o amplo espaço da galeria episcopal:

— Quantas camas o Sr. acredita que caibam somente nesta sala?

— Na sala de jantar de Vossa Eminência? — exclamou o diretor, estarrecido.

O bispo não esperou pela resposta, ele mesmo foi medindo o lugar com os olhos para concluir:

— Creio que umas vinte camas. — Era como se falasse consigo mesmo, depois elevou a voz: — Olhe, Sr. diretor, é claro que existe aqui um grande erro. O senhor mantém vinte e seis pessoas em cinco ou seis quartos pequenos. Aqui, nós somos em três e temos lugar para sessenta. É injusto, é um erro. O Sr. está na minha habitação e eu, na sua. Vamos fazer uma troca!

E foi assim que os vinte e seis doentes do hospital se mudaram para o palácio e o bispo se transferiu para o acanhado prédio da saúde pública.

A revolução arruinara os bens familiares do Sr. Myriel. Sua irmã Batistina recebia uma pensão vitalícia de quinhentos francos e o bispado recebia um subsídio do Estado de quinze mil francos anuais. Monsenhor desde que chegara a Digne, definiu o emprego desse dinheiro de maneira incisiva e permanente: ficou apenas com mil francos; junto com os quinhentos da irmã, tinha mais que o suficiente para sustentar as três pessoas da "família". O restante era para suas obras. Mesmo assim, achava pouco.

— Sinto-me irritado com tudo isso — reclamou certa vez, três meses depois de chegar a Digne, ao fazer as contas de quanto poderia dispor para caridade.

— E tem razão, monsenhor! — exclamou a Sra. Magloire. — Vossa Eminência sequer reclama a subvenção municipal para uso de carruagem nas visitas da diocese. Era o que faziam os outros bispos, uma verba de três mil francos.

Monsenhor solicitou então a verba, para escândalo da burguesia local. Um representante do povo, que fora revolucionário ativo em outros tempos, chegou mesmo a escrever uma carta para o ministro em Paris, criticando a solicitação. Como dizia: "é um absurdo um bispo pedir verba de carruagem em uma cidade que mal tem mil habitantes! Isso é um abuso, típico dos antigos clérigos. Asseguro que não estamos bem enquanto o imperador não nos livrar dessa súcia de folgados"; E prosseguiu nesse tom exaltado.

A mesma verba que tanto irritou o político muito agradou a Sra. Magloire, certa de que afinal o bispo teria a pompa digna de seu cargo; porém, monsenhor tinha outro destino para o dinheiro. Redigiu uma nota cuidadosa e a entregou à sua irmã: "para alimento de carne aos doentes do hospital: mil e quinhentos francos. Para os aleijados: cento e cinquenta francos. Para os órfãos: cento e cinquenta francos"; e assim ia, cedendo pouco a pouco a verba para associações e despesas junto ao povo mais carente, até totalizar os três mil francos.

Quanto a outras rendas, o bispo era também justo e direto no seu uso e solicitação. Certidões de casamento, encomenda de missas, bênçãos e batismos etc. Era tudo cobrado de acordo com as posses do requerente. O monsenhor tirava dos ricos e distribuía aos pobres.

Foi por essa ocasião que aconteceu o batismo popular desse homem. Dentre seus nomes — Carlos Francisco Bienvenu Myriel —, o povo escolheu o mais adequado àquela personalidade generosa, e o bispo de Digne foi alcunhado de Monsenhor Benvindo, um nome que muito o agradava, pois Myriel gostava da ideia de se saber "benvindo" nas casas do seu rebanho. Era uma diocese extensa e de difícil localização, mas procurou conhecê-la inteiramente.

Em menos de um ano, Monsenhor Benvindo se tornou o tesoureiro de todos os donativos e caixas para os necessitados. Por suas mãos, passavam somas consideráveis, mas nem por isso fez a menor alteração no seu modo de viver. Não acrescentava a mais insignificante superfluidade a seu cotidiano.

As duas mulheres o adoravam e faziam milagres com tão poucos recursos. A irmã, que bem poderia reclamar, visto que sua pensão particular fazia parte da renda doméstica, aceitava o destino com submissão e simplicidade. Para essa santa senhora, o Sr. bispo de Digne era ao mesmo tempo seu irmão e seu prelado. Era seu amigo e, segundo uma ordem natural das coisas, seu superior. Obedecia-o e aceitava suas vontades, por menores que fossem.

A Sra. Magloire não era tão submissa. Admirava o bispo e achava que ele merecia mais honrarias, que deveria despender mais recursos consigo mesmo. Muitas vezes lhe dava o tratamento de "Vossa Grandeza". Um dia, bem-humorado e brincando com a sua pouca estatura, Benvindo se dirigiu à Sra. Magloire:

— Traga-me uma cadeira, porque a "minha grandeza" não chega até aquela prateleira.

Havia uma única riqueza material, contudo, que as mulheres se recusavam a renunciar: a prataria. A Srta. Batistina, quando fora morar com o irmão, trouxera seis talheres de prata e uma concheira, que a criada polia todos os dias com o maior prazer, colocando-os em destaque sobre a toalha alva das refeições.

Além dos talheres, a irmã do padre herdara dois castiçais de uma tia. Geralmente, essas peças ficavam largadas sobre o fogão, exceto nos dias em que recebiam alguma visita importante, quando a Sra. Magloire iluminava com elas a mesa do jantar.

A casa do bispo não possuía uma única porta fechada à chave. A exceção era o armário onde se guardava a prataria, num canto do quarto do bispo. A Sra. Magloire fazia questão de ela mesma, todas as noites, proteger a riqueza trancando os seis talheres e a sopeira nesse local. É verdade que deixava a chave pendurada na fechadura, mas isso lhe dava a sensação de segurança.

Segurança! Algumas vezes, quando se comentava na vila algum furto ou o julgamento de algum larápio, as mulheres tentavam convencer Benvindo a ser mais cauteloso. Nunca fechavam a porta! Qualquer um poderia entrar! Mas o bispo lhes dizia:

— Se quiserem, mandem pôr ferrolhos na porta de seus quartos. Mas não na residência.

A explicação dessa confiança se podia encontrar nas seguintes linhas, escritas por ele ao lado das páginas de uma Bíblia: "A porta do médico nunca deve estar fechada; a do padre deve estar sempre aberta".

Traçado esse perfil do monsenhor, é hora de se apresentar nosso outro personagem.

No início de outubro de 1815, uma hora antes do pôr do sol, um homem entrou na cidade de Digne. Os raros habitantes que estavam fora de suas casas observavam o viajante com uma espécie de inquietação. Era impossível ver uma pessoa com aspecto mais miserável. Tinha estatura mediana, era robusto, aparentemente na força da idade; quando muito, teria quarenta e poucos anos. Um boné de pala alta cobria seu rosto crestado pelo suor e pelo sol, apoiava-se num cajado. Usava roupas rústicas e levava uma mochila de soldado nas costas.

Ninguém o conhecia. Evidentemente, era um forasteiro vindo do Sul, talvez da beira-mar. Parecia fatigadíssimo. Entrou na prefeitura por pouco tempo, saiu. Parou na fonte e bebeu longamente antes de seguir para a estalagem A Cruz de Colbas. O dono da casa, que era também um famoso cozinheiro, atendia a clientela com um lauto jantar. Corria entre as mesas, rindo e pilheriando, preparando coelhos, perdizes e duas enormes carpas, comida suficiente para atender um batalhão. A porta foi aberta.

Sem levantar os olhos dos fornos, o hoteleiro se dirigiu àquele que entrou:

— O que quer o senhor?

— Comer e dormir — disse o desconhecido.

— Nada mais fácil — disse e então ergueu os olhos, para concluir a frase: — pagando.

O homem puxou uma carteira de um saco de couro e mostrou o dinheiro. O hoteleiro lhe indicou uma mesa e disse que dali a pouco o jantar estaria pronto. Mas continuava bem incomodado com seu estranho hóspede... Rabiscou umas palavras num papel e o deu a um menino, que correu direto à prefeitura. Quando o garoto voltou, os modos do hoteleiro mudaram. Bruscamente, falou:

— Lamento, mas não posso atendê-lo.

— De que se trata? Já lhe mostrei que tenho dinheiro...

— Não tenho quartos disponíveis.

— Posso ficar lá fora, quem sabe na cavalariça?

— Meus cavalos estão lá.

— Então me dê umas palhas, no sótão. Depois do jantar, eu...

— Lamento, mas também não vou lhe servir o jantar.

— Como? Então vou morrer de fome? Caminho desde o nascer do sol, tenho fome. Eu pago, quero comer.

— Não sou obrigado a lhe dar de comer. Vá-se embora. — Vendo que o homem insistia em permanecer sentado, o estalajadeiro abaixou a voz: — É melhor sair sem criar encrencas, senhor Jean Valjean. Quer que lhe diga quem é? De onde vem? Na prefeitura já sabem tudo a seu respeito. É melhor ir embora sem reclamar.

O estranho suspirou fundo... O aroma da comida invadia suas narinas e revirava seu estômago faminto. Pensou ainda em falar alguma coisa, mas o estalajadeiro se reunira a um grupo parrudo de operários e todo o grupo o encarava severamente.

Jean Valjean saiu da estalagem e desceu a rua. Andou por algum tempo, o crepúsculo dificultava que enxergasse. De súbito, viu uma luz acender mais ao longe. Era uma taberna, seguiu para lá.

Não era lugar tão suntuoso como o A Cruz de Colbas, mas havia uma sala grande, iluminada por candeeiro, com alguns homens bebendo no balcão. Sobre um gancho acima do fogão fumegava uma panela de ferro.

O estranho entrou por uma porta lateral, tentava esconder-se nas sombras. Pediu um prato de sopa e esperou. Mantinha os olhos baixos e resignados. Que fome tinha, meu Deus, que fome! Tudo daria por uma refeição simples, um canto para descansar...

O peixeiro, que tomava um trago de cerveja no balcão, estivera havia meia hora no A Cruz de Colbas e cochichou ao ouvido do taberneiro. O homem parou ao lado de Jean:

— Trate de ir embora.

— Então já sabe...?

— Sei. Mandaram me avisar, da estalagem. Vá embora sem discutir, senhor!

Escorraçado pela segunda vez, Jean Valjean se apoiou no cajado e partiu. A noite esfriou, a cidade permanecia escura e pouco hospitaleira. Andou a esmo e parou diante da delegacia. Tocou uma sineta. Imediatamente, abriu-se um postigo.

— Senhor porteiro — disse ele, humildemente tirando o boné —, pode me dar pousada por esta noite?

— Uma cadeia não é estalagem. — Foi a resposta. E veio uma risada. — Faça alguma coisa para que o prendam que virá para cá.

De novo, a noite silenciosa. O cansaço de Jean era imenso, cambaleava de exaustão. Nem pagando recebia cama e comida; nem implorando numa porta de cadeia era atendido!

Viu uma cabana diante de uma propriedade, lugar miserável, mas seco. Não teria alimento, mas quem sabe poderia dormir ali por algumas horas? Deitou-se de bruços e entrou no cubículo. A mochila às costas o incomodava, virou-se para tirá-la quando ouviu um latido feroz. Ergueu os olhos e viu se desenhar o perfil de um cão na sombra, à entrada da toca. Abrigara-se na casinha de um cachorro.

O desconhecido era vigoroso e destemido, ergueu o cajado e manteve o animal à distância enquanto rastejava para fora. Assim que conseguiu, não sem o custo de alguns rasgões na roupa esfarrapada, jogou-se no banco da praça. Falou para o céu:

— Sou ainda menos que um cão!

...

Eram oito da noite e a Sra. Magloire acabara de colocar a ceia na mesa. O Sr. bispo se demorava no quarto, lendo textos religiosos, quando a irmã se arriscou timidamente à porta:

— Irmão, a Sra. Magloire acabou de ouvir uma notícia...
— Esperou. — Quero que ouça também.

O bispo ergueu o rosto de seu livro e seguiu a irmã até a cozinha. Encarou as duas mulheres e, pelo aspecto solene de ambas, percebeu que a conversa devia ser séria. Ironizou:

— Vamos lá, o que foi? Qual é o grande perigo que corremos?

A Sra. Magloire repetiu então a história ouvida de uma criada da vizinha, exagerando-a ao dizer que aparecera na cidade uma espécie de vagabundo, despertando sérias suspeitas em toda a gente.

— Monsenhor — prosseguiu a Sra. Magloire —, vai acontecer alguma desgraça esta noite na nossa cidade. Toda gente o diz. E que polícia temos! Vivemos isolados entre montanhas. É um perigo! Deveríamos trancar toda a casa.

O bispo olhou para sua irmã. Batistina ficou ainda mais ereta, parecia mais delgada, e concordou com a cabeça. Nesse instante, ouviram batidas violentas à porta.

— Entre — disse o bispo.

A porta se abriu de par em par, empurrada com energia e decisão. Entrou um homem. Esse homem já conhecemos. Era o forasteiro que vimos pela cidade em busca de pouso e alimento. Olhou em torno: a criada se refugiara atrás do fogão, a Srta. Batistina colocou a mão no peito, impelida pelo susto, e refreou um gemido. O estranho apoiou ambas as mãos no cajado e se dirigiu direto ao bispo:

— Eu me chamo Jean Valjean. Fui condenado às galés e estive por dezenove anos no cárcere. Fui solto há quatro dias e vou para Pontarlier, é meu destino. Andei doze léguas a pé, estou exausto. Mas na estalagem me recusaram pouso, mesmo eu tendo com que pagar. Cheguei a esta cidade no final da tarde e, como é de lei, apresentei o passaporte amarelo na prefeitura. Ninguém me atende, ninguém abre a porta. Até o cão me expulsou de sua toca. Até ele parece saber quem eu sou... Pensei em dormir nos campos, mas uma senhora na praça me disse que apenas uma pessoa nesta cidade seria capaz de me dar abrigo e que viesse lhe bater na porta. Agora, diga-me, senhor, o que é isto aqui? Se é estalagem, tenho aqui dinheiro. Ganhei cento e nove francos e quinze centavos por dezenove anos de trabalhos na prisão. Pagarei, que me importa? Andei doze léguas a pé, estou estafado e com fome. Posso ficar?

— Sra. Magloire — disse o bispo —, ponha mais um talher na mesa. Tire os lençóis lavados do quarto do oratório e prepare a cama ao lado da minha. Ajeite os candelabros na mesa... temos um hóspede!

A criada não revelou nem o medo, nem a dúvida que lhe iam na alma, apenas obedeceu ao bispo. Jean Valjean a viu sair, estarrecido:

— Como? O Sr. vai me receber? Não me ouviu dizer que venho das galés? Que fui condenado, que cumpri pena. Venho sendo escorraçado de todo canto sem piedade... Que lugar é este, afinal?

O bispo indicou um lugar e se sentou ao lado dele. Tocou-lhe brandamente na mão:

— Esta casa não é minha, mas sim de Jesus Cristo. Essa porta não pergunta àquele que entra como se chama, mas sim se padece. É o seu caso. Tem fome e sede, portanto, seja bem-vindo. O senhor está mais em sua casa do que eu mesmo, tudo que há aqui é seu. Para que preciso perguntar seu nome? Além disso, já o sabia.

O homem arregalou os olhos, admirado:

— O quê?! Então já sabia como me chamo?

— Sabia — respondeu o bispo. — Chama-se meu irmão.

...

Altas horas da noite, o hóspede do bispo acordou.

O que ia em seu espírito era difícil de definir... cansaço, revolta, dúvida, reconhecimento? Mal recordava a conversa com o padre durante o jantar; o cansaço o levara a desmaiar na cama tão logo forrou o estômago com alimento.

Falaram de Deus, de justiça divina, de ter uma segunda chance... era isso? Reconhecia a generosidade daquele homem que supôs ser um caridoso pároco rural. Bondoso, mas ingênuo. Afinal, servir um ex-prisioneiro com a melhor prataria...?

Sabia onde a família guardava essas joias: no mesmo quarto em que lhe arrumaram a cama. Abriu bem os olhos, apurou os ouvidos... A respiração calma do velho indicava seu sono profundo a poucos passos de onde dormia. Então Jean começou a pensar. A lembrar. Dezenove anos de mágoas e privações lhe passaram diante dos olhos...

Sua família era de camponeses da região de Brie. Perdera os pais muito cedo. Uma febre maligna lhe levara a mãe; o pai tivera uma queda fatal quando podava uma árvore. Jean lhe herdara a profissão de podador de árvores. Restou-lhe apenas uma irmã mais velha, viúva, com sete filhos. Jean assumira o papel de pai e mantenedor da família da irmã.

Quando contava vinte e seis anos, Jean sucumbira ao desespero. Fora um ano de inverno acentuado, faltavam árvores para podar. Aceitara todo tipo de trabalho, mas a família passava fome... Certa noite, quando voltava para a casa de mãos vazias, jogara uma pedra na vitrina do padeiro e roubara um pão. O padeiro ouvira o barulho, um gendarme estava pelas redondezas...

Preso, Jean fora levado aos tribunais. Corria o ano de 1795. Fora declarado criminoso e condenado a cinco anos de galés. Por três vezes, ele tentara escapar e sua pena acabara se multiplicando...

Quase vinte anos de cadeia! Pelo roubo de um pão!

Jean se revirou na cama. Apertou os lábios com força, com fúria. Entrara na prisão um rapaz trêmulo e soluçante. Saíra de lá um homem sombrio e taciturno. Sem esperanças. Com ódio de tudo e de todos. Nunca mais soube dos seus, nem da irmã, nem dos sete sobrinhos. Esperança! E o padre ainda lhe falava de justiça divina, de ter bons sentimentos.

Lembrou-se do dinheiro que carregava na sacola de lona: cento e nove francos e alguns centavos. O salário por quase vinte anos de trabalho! Quanto valiam os talheres que usara naquela noite? Fez os cálculos: eram de prata maciça. Com a concheira, deveriam valer duzentos francos... Com esse dinheiro, chegaria mais facilmente a Pontarlier. E se levasse consigo a prataria? Aquela cidade mesquinha, onde o padre era uma humilde exceção, não lhe devia um melhor tratamento?

Os olhos ardiam, febris, no escuro... Jean se levantou devagar, não precisava de luz, tantos anos de cativeiro apuraram muito os seus sentidos. O padre dormia. A empregada deixara a chave no armário; lembrava-se de ter reparado nisso.

Silencioso e astuto feito um gato, Jean saiu da cama e caminhou em direção ao armário. Se o padre continuasse dormindo, muito que bem. Apenas pegaria a prataria e daria no pé. Se ele acordasse, se ameaçasse gritar... Ah, que Deus o perdoasse, mas, se fosse necessário, Jean Valjean saberia calar o padre.

Como é comum para muitos homens idosos, o Sr. Myriel tinha pouca necessidade de sono. Costumava acordar cedo, e aquela manhã não era exceção. Já passeava pelo jardim quando a Sra. Magloire o alcançou com a notícia:

— Monsenhor, monsenhor! A prataria foi roubada. Veja, a janela aqui está aberta, há a marca de uma pegada... Foi o estranho. Levou a prataria e fugiu! — disse a mulher em um só fôlego.

Muito calmo, o bispo rebateu:

— Acaso aquela prata era nossa? — A Sra. Magloire parou, estupefata. Seguiu-se ainda um instante de silêncio antes de o bispo continuar: — Sra. Magloire, há muito tempo conservava indevidamente aquela prataria, que pertencia de direito aos pobres... O que era aquele homem? Não era um pobre?

— Valha-me Jesus! — replicou a criada, nervosa. — Monsenhor, com o que se vai comer agora?

— O que há de mal com as colheres de estanho?

— O estanho cheira a azedo.

— Então usaremos talheres de ferro.

— Ferro dá um sabor ruim. — A expressão da mulher ficou mais fechada. — Monsenhor, eu e a Srta. Batistina ainda nos arrumamos, mas e Vossa Grandeza?! Comerá com o quê?

— Com colheres de pau! — exclamou o bispo, bem-humorado.

Na hora do almoço, a Sra. Magloire não conseguia desviar os olhos daqueles terríveis talheres de madeira que ladeavam os pratos. Resmungava:

— Um ladrão sem-vergonha... dormindo no mesmo teto! Um bandido!.

O bispo, porém, mantinha o apetite, recusando-se a discutir o assunto.

Bateram à porta.

— Entre — disse o bispo.

Surgiu um grupo de aspecto brutal: três homens segurando outro pelo colarinho. Os três eram gendarmes e o prisioneiro era Jean Valjean. O líder dos guardas se aproximou respeitosamente da mesa:

— Monsenhor, temos de falar.

Quando ouviu esse tratamento, Jean Valjean, que se mantinha abatido e sombrio, ergueu a cabeça. Repetiu, atarantado:

— Monsenhor?! Então não é apenas um padre?

— Cale-se, cachorro! — gritou um dos guardas. — E trate de se dirigir ao bispo com mais respeito...

Monsenhor Benvindo desconsiderou o guarda. Levantou-se imediatamente e se dirigiu ao prisioneiro:

— Ah, o senhor voltou! Estimo muito voltar a vê-lo... Não lhe tinha dado também os castiçais de prata com os talheres? Por que não os levou?

Jean arregalou os olhos e encarou o ancião com uma expressão que nenhuma linguagem humana poderia traduzir.

Um guarda afrouxou o aperto:

— Então é verdade o que nos disse este homem? Nós o vimos andando depressa, como se fugisse, e...

— Oh, posso até adivinhar o que ele lhes contou — prosseguiu Benvindo. — Que passou a noite na casa de um velho padre, que lhe ofereceu a prataria. Mas os senhores não acreditaram nele e foram logo o arrastando até aqui... Pois se contou isso, disse a verdade.

— Bem — o cabo olhou para seus companheiros —, se é assim, então devemos soltá-lo.

Os soldados largaram Jean Valjean, que recuou, aturdido:

— Vão soltar-me? — falou baixo, de maneira inarticulada, como se fala nos sonhos.

— Pois não ouve, homem? — disse o cabo. — Está livre. Pode ir.

— Meu amigo, mas não esqueça os castiçais.

Benvindo seguiu até o fogão e pegou a prataria. As duas mulheres olhavam para tudo aquilo sem fazer o menor gesto ou proferir palavra sequer que contrariasse o sacerdote.

Jean Valjean tremia. Pegou frouxamente nos castiçais.

— Agora pode ir — disse o bispo. — Ah, mas quando voltar, meu amigo, não precisa entrar pelos fundos. Pode usar a porta da rua, tanto de dia como de noite. Nós nunca trancamos as portas. — Os soldados saíram. Jean parecia prestes a desmaiar. O bispo se aproximou dele e falou em voz baixa: — Lembre-se de que me prometeu se tornar, com essa prata, um homem honrado.

Seguramente, Jean Valjean não se lembrava de promessa alguma, mas naquele instante se embebia e mergulhava em toda e qualquer palavra do bispo. Concordou. E partiu. Partiu como um homem bem diferente do que chegara na véspera. O Monsenhor Benvindo não havia apenas lhe dado pernoite, alimento e uma ajuda financeira na forma da prataria. Ele havia resgatado a sua alma.

O MISTÉRIO DO VALE BOSCOMBE

Conan Doyle

Quem não conhece Sherlock Holmes? Ele é o detetive supremo, o modelo perfeito da dedução e da lógica na resolução de crimes. Desde sua estreia em 1887, em *Um Estudo em Vermelho*, o personagem criado por Sir Arthur Conan Doyle seduziu multidões. Tamanha popularidade irritava o autor, que, enciumado, chegou a matar Sherlock; mas, pelo clamor do público, precisou ressuscitar o detetive, que foi protagonista de quatro romances e cinquenta e seis contos. Esta adaptação de *O Mistério do Vale Boscombe* traz um caso em que Sherlock revela seu particular senso de justiça.

Sir Arthur Ignatius Conan Doyle (1859-1930), escritor e médico britânico, nasceu na Escócia. Foi dramaturgo e ensaísta, mas é mundialmente conhecido por sua genial criação do detetive Sherlock Holmes, que revolucionou as histórias policiais.

Sherlock Holmes é sempre surpreendente!

Eu e minha esposa tomávamos café logo cedo quando chegou um telegrama dele:

Caro Watson, o que acha de passar dois dias no campo? Clima e cenário perfeitos. Conto com você para resolvermos o crime do Vale Boscombe. Viajo no trem de Paddington às 11h15min.

— Por que não aceita, querido? — disse minha mulher ao ler o telegrama. — Você anda meio pálido ultimamente. O ar do campo lhe fará bem.

— Estou com muitos clientes — respondi.

— Ora, passe as consultas para outro médico. São poucos dias. Você sempre tem tanto interesse nos casos de Sherlock!

Sem dúvida, ela tinha razão. Antes de me casar, nos anos em que dividira com Holmes os aposentos na Rua Baker, 221-B, eu pudera acompanhar de perto o seu extraordinário método investigativo. Registrara dezenas de casos — que dividira com o público —, em que sua mente brilhante resolvera os mais estranhos crimes e identificara criminosos que a justiça imaginava deixar impune... Lembrei desse tempo com saudade e aceitei o convite. Rapidamente, fiz uma pequena mala e em meia hora estava na estação.

Holmes me aguardava ansioso, andando de lado a outro na plataforma, seu vulto esguio ainda mais alto devido à comprida capa de viagem e ao boné de copa erguida.

— Watson! Que bom que veio. Gosto de contar com a ajuda de gente de minha inteira confiança... A polícia local às vezes age com imperícia ou parcialidade. Pegue aquelas cadeiras do canto enquanto compro as passagens.

Ficamos sozinhos numa cabine e, mal o trem se movimentou, Holmes espalhou papéis por todo lado. Tentou anotar alguma coisa e depois desistiu.

— Você leu alguma coisa sobre o caso, Watson?

— Lamento dizer que estou por fora.

— Saiba que não perdeu nada! — Apontou para os papéis amassados. — Os jornais de Londres têm poucos detalhes... O pior é que esse é o tipo de caso simples, mas que mostra muitas dificuldades.

— Holmes, que absurdo! Como é que um caso simples pode ser complicado? É um paradoxo.

— Mas é a mais profunda verdade no que se refere a crimes. Os crimes mais comuns são às vezes os mais difíceis de se resolver. Nesse caso, creio que o filho do assassinado se meteu numa gravíssima complicação.

— Trata-se de um assassinato?

Holmes me fez um resumo da história:

— O Vale de Boscombe é um distrito rural. O proprietário mais rico da região é o Sr. John Turner. Fez fortuna na Austrália e comprou uma grande quantidade de terras. Entre suas fazendas está a Hatherley, arrendada ao Sr. Charles McCarthy, o homem cuja morte iremos investigar. McCarthy também veio da Austrália. Ele e Turner não tinham amizade com os ingleses locais, mas desenvolviam forte camaradagem, parece que se conheciam de longa data, inclusive da Austrália. Participavam juntos de atividades esportivas do local, eram vistos nas festas. As famílias se visitavam. Ambos eram viúvos. Turner tem uma filha chamada Alice, e McCarthy é pai de James. Ambos os jovens têm aproximadamente dezoito anos de idade.

"Vamos aos fatos do dia: em 3 de junho, na segunda-feira passada, o velho McCarthy saiu da fazenda Hatherley pelas quinze horas e se dirigiu ao pequeno lago Boscombe, distante um quarto de milha. Um empregado o ouviu comentar, pela manhã, que tinha um encontro por essa hora e não queria se atrasar. Pois desse encontro não voltou vivo...

"Testemunhas disseram que o viram pelos caminhos e estava só. Um guarda-caça testemunhou depois que viu o filho, o jovem James McCarthy, andar na mesma direção com uma espingarda debaixo do braço. Os dois McCarthy foram vistos logo depois por uma menina de catorze anos, filha do porteiro de Turner. Ela colhia flores no mato e ouviu a discussão de pai e filho, relatou que o velho McCarthy usava linguagem pesada com o filho e que este até ergueu o braço para agredir o pai! Pois bem, nessa hora a menina se assustou e fugiu para casa. Mal havia contado à família aquilo que testemunhara quando James apareceu, pedindo ajuda. Estava tremendamente excitado, sem chapéu e com a roupa suja de sangue.

"Um grupo o acompanhou e achou o corpo do velho McCarthy à margem do lago, sua cabeça quebrada por pancadas dadas por instrumento pesado, que bem podia ser a espingarda... objeto por sinal que estava a poucos passos da vítima. Sob a acusação de 'assassinato premeditado', prenderam James McCarthy, e é assim que o caso está."

Holmes fez uma pausa na história, e aproveitei para comentar:

— Não entendo por que diz que é um caso complicado, Holmes. Para mim, parece bem simples... são tantas as evidências que acusam o rapaz!

— Ora, Watson, evidências! — exclamou meu amigo. — Concordo que os fatos são graves, mas nem todos pensam que o rapaz é o culpado. A jovem Srta. Turner discorda da sua prisão. Chegou a contratar Lestrade para inocentar James McCarthy, lembra-se dele? Da polícia de Londres, que atuou junto comigo em tantos casos... Foi Lestrade quem me convidou a participar das investigações. Então é por isso que dois senhores londrinos de meia-idade viajam de trem por esta paisagem rural em vez de estarem calmamente almoçando em suas próprias casas.

O jeito soberbo com que Holmes sorriu me deu vontade de espicaçar sua vaidade:

— Não sei como ajudará Lestrade. Tudo acusa o rapaz. Provas são provas, Holmes!

— Ora, Watson, não me provoque! Não há nada mais enganador que fatos óbvios. E Lestrade não é tão bom observador. É bem possível destruir suas teorias apenas questionando aquilo que ele não viu... Ah, você sorri? Depois de tantos anos ainda desconfia de minha capacidade de dedução? — Sherlock apontou para meu rosto e deu um exemplo: — Posso afirmar, Watson, que a janela do seu banheiro se abre à mão direita.

— Holmes! Como é que você sabe que...

— Pela sua barba. Conheço seus métodos militares de asseio, sei que faz a barba todas as manhãs. Nesta estação do ano, barbeia-se usando a luz do sol, mas, como sua barba fica imperfeita do lado esquerdo, está evidente que aquele lado não está tão bem iluminado como o outro. Se você olhasse com a luz de frente, tenho certeza de que não ficaria tão satisfeito com o resultado... — Passei a mão pelo queixo, desconfiado. Holmes não me deixou contestar: — Esse é só um exemplo, Watson, de como vemos evidências sem prestar muita atenção nelas. O que me incomoda mais é o depoimento do rapaz. Sabe o que ele disse? Não foi preso de imediato, voltou a Hatherley. Horas depois, o inspetor lhe deu voz de prisão pelo assassinato do pai. Ele não se surpreendeu e disse que merecia. Só isso: "bem merecia ser preso".

— Ora, então ele confessou! — exclamei. — Não há mais o que se questionar no caso.

— Não, Watson. Não compreende que é justamente o contrário?! Logo depois jurou inocência. Por mais inocente que seja, o rapaz não é imbecil a ponto de desconhecer as provas terríveis contra ele. Tivesse fingido surpresa ao ser preso, aí, sim, eu o consideraria suspeito, coisa de gente intrigante, manipuladora. Se ele observou que "merecia" o castigo... pode ser por outras causas. Lembre-se, segundo o depoimento da menina de catorze anos, ele discutia com o pai, quase se espancaram... Então havia motivos para desentendimento. Não necessariamente para assassinato.

Holmes me passou um jornal da região, que transcrevia o depoimento de James McCarthy:

Estive fora de Hatherley durante três dias, fiz viagem particular para Bristol. Cheguei no dia três de manhã, meu pai não estava em casa. A criada disse que ele tinha saído com o cocheiro. Mais à tarde, ouvi o ruído do seu carro, mas ele nem entrou na casa, foi direto para o pátio. Devia ser perto das quinze horas. Peguei a espingarda e resolvi caçar uns coelhos na direção do lago Boscombe. Não tinha ideia de que seguia o mesmo rumo de meu pai. Perto do lago ouvi um grito conhecido, "cooee!", era assim que meu pai fazia, um sinal entre a gente. Apressei o passo e o encontrei. Ele pareceu muito surpreso em me ver, perguntou o que fazia ali. Acabamos discutindo e quase brigamos, papai tinha um gênio violento... quando percebi que sua cólera ficava fora de controle, saí de perto dele para retornar a Hatherley. Andei uns poucos metros quando ouvi um grito horrível. Retornei e encontrei meu pai com a cabeça terrivelmente ferida. Larguei minha espingarda e procurei ampará-lo. Meu pai estava perturbado, murmurou algo a respeito de um rato... Corri para a casa mais próxima, que é a do porteiro do Sr. Turner, e pedi ajuda. Quando voltamos, ele estava morto.

O jornal também reproduzia algumas perguntas do delegado que investigava o caso e as respostas evasivas de James McCarthy, que se negava a contar o motivo do desentendimento com o pai. Só insistia em dizer que "cooee!" era um chamamento entre eles, mas estranhava ter ouvido o grito, porque seu velho não sabia de seu retorno de Bristol. Disse também ter visto um objeto cinza próximo ao pai ferido, uma capa ou paletó, que não estava ali quando retornou com a ajuda. Mas não vira ninguém por perto, antes ou depois da discussão, que pudesse ter eliminado o velho McCarthy.

— Então? — perguntou Holmes. — O que acha?

— O delegado pegou pesado com o rapaz... Insistia em saber dos motivos da briga entre pai e filho. Sua recusa em contar o motivo o torna ainda mais suspeito.

— Acha mesmo, Watson? — Sherlock pegou um livro da mala e sorriu: — Creio que esse rapaz diz exatamente a verdade. A tal frase do rato e o pano cinza desaparecido não são frutos da sua imaginação. Bem, não quero sobrecarregar meu cérebro com hipóteses... Agora vou ler e só falarei sobre o caso quando a gente chegar ao Vale Boscombe.

...

Foi Lestrade quem nos recebeu lá pelas dezesseis horas, quando chegamos à estação. Usava uma espécie de capa cor de areia e polainas, ao estilo rural, mas era fácil reconhecer nele o inspetor da Scotland Yard: seus olhos eram furtivos e duros como os de um furão e a expressão era sombria e desconfiada. Já havia nos reservado um quarto num hotel próximo.

— E um coche — completou Lestrade quando tomávamos chá. — Imagino, Holmes, que você vai querer ver tudo com seus próprios olhos!

— Não sei, hoje não. Se não chover, prefiro ficar aqui, pensando. — Meu amigo se esticou mais no sofá. — Este hotel parece mais confortável do que a média das abomináveis hospedarias rurais.

— Oh, pelo visto você já fez ideia do caso só pela leitura dos jornais! — ironizou Lestrade. — Para mim, o caso é liso como o cabo de uma lança, o rapaz é culpado, diabos! Mas não se pode recusar o pedido de uma dama... aliás, é ela quem aparece à porta.

Mal acabou de falar e entrou na sala uma das moças mais lindas que vi na vida. Tinha fartos cabelos escuros e olhos cor de violeta. O rosto estava afogueado pela emoção e pelo ritmo acelerado com que andava até nós. Foi direto para Holmes, certamente motivada pela intuição feminina, que a fez reconhecer o brilhante detetive.

— Oh, Sr. Sherlock Holmes... agradeço muito ter vindo. Sei que James não cometeu esse crime. Ele é tão sensível que não maltrataria uma mosca. A acusação é absurda para quem o conhece bem, como eu.

— Espero que possamos livrá-lo, Srta. Turner — disse Sherlock. — Acho bem provável que seja inocente.

Essas palavras aliviaram a garota, que atirou a cabeça para trás e exclamou para Lestrade:

— Ouviu? Ele me dá esperança!

— Receio que meu colega se precipita em suas conclusões. — Lestrade deu de ombros. — Não está tão bem familiarizado com os fatos.

— Sei que James é inocente. E quanto aos motivos da sua discussão com o pai, creio que não devemos mais esconder isso — falou para Holmes. — Se James nada disse ao delegado é porque estou envolvida no caso.

A Srta. Turner nos contou que o Sr. McCarthy sempre quis que eles se casassem. Os dois eram amigos desde a infância, mas James não se manifestava a favor do casamento. O pai da moça também não aprovava essa ideia.

— Verdade? — O olhar de Holmes era penetrante. — Exceto pelo falecido, ninguém mais queria o casamento? — Um ligeiro rubor cobriu as faces da Srta. Turner quando ela concordou. — Posso falar com seu pai?

— Não sei se o médico deixará, Sr. Holmes. Sua saúde não é das melhores e a morte do Sr. McCarthy o abalou demais. Era o único homem vivo que conheceu papai nos tempos passados em Vitória.

— Ah, nas minas de ouro de Vitória? — concluiu meu amigo. — Foi lá que ele fez fortuna, não é?

A moça concordou e se despediu de nós, dizendo que precisava ficar com o pai. Rogou a Deus que iluminasse o trabalho de Sherlock e inocentasse o rapaz. Mal ela saiu do hotel, Lestrade falou dignamente, depois de uns instantes de silêncio:

— Tenho vergonha de você, Holmes. Não sou sentimental, mas é cruel dar esperanças naquilo que no fim será um desapontamento.

— Ora, Lestrade! Mais do que nunca acredito achar o caminho da liberdade para o jovem McCarthy. Diga-me, você tem licença para vê-lo na prisão? — Lestrade confirmou, ressaltando que para duas pessoas somente. Holmes sugeriu que eu descansasse no hotel e redefiniu seu roteiro: — Então usaremos o coche que você foi tão prestativo em reservar, Lestrade. Será bom conhecer James McCarthy.

Saíram, e eu aproveitei meu tempo para reler detalhes do crime no relatório do médico legista. O ferimento na cabeça de McCarthy era profundo, uma pancada dada por trás. Mas pai e filho não discutiam um de frente para o outro? Esse ponto me chamou a atenção... Além disso, o legista dissera que a terceira parte traseira do osso parietal esquerdo tinha sido esmagada. Ora, essa pancada só poderia ser dada com a mão esquerda!

Holmes retornou tarde da noite da cadeia. Contei-lhe das minhas descobertas e perguntei:

— James McCarthy é canhoto?

— Não sei se é canhoto, Watson. Mas é honesto. Não foi ele quem matou o pai. E descobri também por que o infeliz recusava o casamento. — Holmes fez uma pausa, curtindo minha curiosidade, e depois completou: — James se apaixonou por uma garçonete de Bristol, uma fulaninha esperta, que arrancou dele um matrimônio apressado no registro civil. Foi paixonite de momento e logo o rapaz se arrependeu da bobagem. Ninguém sabia nada a respeito, mas deve imaginar como foi terrível ser repreendido por se recusar a fazer o que mais desejava na vida, casar-se com a linda Alice Turner! Nos três dias que passou em Bristol, estava com a garçonete, propondo uma separação. Bem, pelo menos com isso não terá mais de se preocupar! Quando a garçonete viu o seu nome nos jornais, acusado do crime, separou-se de vez. Mandou uma carta a James dizendo que já tinha um marido nas Bermudas; portanto, o casamento deles era nulo. Essa notícia confortou bastante o jovem James.

— E daí? — interrompi, irritado. — Ele continua o maior suspeito. Se não foi ele, quem praticou o crime?

— Quem, não é mesmo? Watson, gostaria de lhe chamar a atenção para dois pontos: um, acredito que o velho tinha um encontro no lago Boscombe, mas não era com o filho; dois, que o assassinado gritou "cooee!" antes de saber que James estava ali perto. Agora, vamos dormir. E torcer para que não chova até amanhã!

O desejo de Holmes se realizou e o dia amanheceu claro. Às nove horas, Lestrade apareceu com um coche. Seguimos até a fazenda Hatherley.

— Parece que em breve haverá mais um funeral — disse Lestrade, circunspecto. — O Sr. Turner piorou bastante depois da morte do vizinho. Conheciam-se há tantos anos! E deviam ser grandes amigos... Sabia que o Sr. McCarthy nada pagava de aluguel pela fazenda?

— Verdade? — surpreendeu-se Holmes. — Isso é bem interessante.

Chegamos à fazenda de Hatherley. Em meio à boa propriedade, havia uma casa ampla de ardósia com aparência confortável. As cortinas estavam fechadas e as chaminés apagadas, como se o peso da tragédia contaminasse também as suas paredes. Batemos à porta e apareceu uma criada. Holmes pediu que ela lhe trouxesse o par de botas que o falecido usava no dia do crime e um outro par, do filho. Mediu-as de diversos jeitos. Depois, fomos ao quintal e pegamos o mesmo caminho que James usara para chegar ao lago Boscombe.

Sherlock se transformava quando estava diante de pesquisas desse tipo. Quem pouco o conhecia, imaginando-o um pensador sossegado e lógico, não o reconheceria nessa hora: ele se mostrava um investigador furioso e enérgico, com narinas dilatadas, como se tivesse faro de um animal de caça. Abaixou o rosto e encurvou os ombros, abrindo caminho pela mata de Boscombe. Era um terreno úmido e pantanoso com muitos sinais de pisadas. Às vezes, Holmes se adiantava e, outras, parava completamente. Eu e Lestrade o seguíamos. Da minha parte, com respeito e interesse. Já o detetive da Scotland Yard parecia indiferente e desdenhoso; atreveu-se a fazer um comentário, recebido por um grunhido feroz. Depois disso, prosseguimos em silêncio.

O lago de Boscombe surgiu diante de nós. Era cercado de juncos, nos limites da fazenda Hatherley com o parque particular do rico Sr. Turner. Acima da mata, do lado oposto, podia-se ver a sua casa. Lestrade mostrou o lugar exato onde o corpo fora encontrado. O chão úmido preservara claramente as marcas da queda.

Os olhos de Holmes lampejavam. Andou ao redor e de repente indagou para Lestrade:

— Por que você entrou no lago?

— Para pesquisar com uma enxada. Pensei que talvez existisse outra arma...

— Ora, Lestrade! — Holmes estava irritado. — Esse seu pé esquerdo, inclinado para dentro, está em toda parte. Uma toupeira poderia segui-lo! Oh, se eu estivesse aqui antes dessa manada de búfalos ter passado pelo local! Contudo... as pegadas do jovem McCarthy estão aqui... por duas vezes andou e outra correu. Isso prova que correu quando viu o pai caído. O que é isso? Oh, é a marca da espingarda do filho. E aqui, o que temos? Ah, sinais de ponta de pés! Quadrados, sapatos comuns! Os sinais vão e voltam, alguém voltou para pegar a capa!

Juro que ouvi esse monólogo excitado de Holmes, mas não enxergava na grama aquilo que ele "via" tão bem. Meu amigo continuou investigando, deu a volta em torno de uma árvore e recolheu num envelope o que me pareceu um pouco de terra comum. Também examinou e guardou uma pedra. Readquiriu seu bom humor costumeiro:

— Bem, agora só preciso parar um instante na casa do porteiro. Quero deixar um bilhete... depois, podemos voltar para o hotel. O caso está solucionado.

— Holmes! — reagi, surpreso.

No caminho de volta, no coche, meu amigo tirou a pedra do envelope e nos apresentou a "arma do crime".

— Não vejo marca nenhuma nela — disse Lestrade, segurando-a nas mãos.

— Não há marcas porque o capim crescia debaixo dela. Estava lá há poucos dias. Não havia sinal do lugar de onde foi tirada. A pedra corresponde aos ferimentos.

— E o assassino? — perguntei.

— É um homem alto, canhoto, manca com a perna, calça sapatos de caça com solas grossas, tem uma capa cinzenta, fuma cigarros indianos com piteira e leva um canivete no bolso, com corte fraco. Há outras indicações, mas essas bastam para localizá-lo.

Por um instante, fez-se um estranho silêncio, marcado apenas pelo ruído das patas do cavalo batendo no chão. Afinal, Lestrade saiu do torpor e caiu na gargalhada:

— Que absurdo, Sr. Holmes! Isso é ridículo! Essas fantasias podem ser divertidas, mas não convencerão nenhum júri inglês!

— Nós nos veremos diante do júri então, Lestrade. Você tem seus métodos e eu, os meus. Sei que o jovem James McCarthy não matou o pai.

— Quem matou o velho, então?

— O homem que descrevi. Certamente não será difícil descobri-lo nestas redondezas.

— Ora, Holmes! — resmungou Lestrade. — Sou um homem prático. Não espere que ande pelo campo procurando um homem manco e canhoto. Serei motivo de riso de todos meus colegas da Scotland Yard.

— Faça como achar melhor, Lestrade. Prossiga com seus métodos. Eu dou o caso por acabado e volto a Londres no trem noturno.

...

Horas depois, após um lanche no hotel, Holmes foi condescendente e resolveu dividir comigo mais detalhes do seu estranho método dedutivo.

— Watson, deixe-me explicar algumas coisas... Quero também lhe pedir um conselho. — Sentou-se de modo mais confortável na poltrona da sala de estar e começou: — Dois pontos sempre me chamaram a atenção na narrativa do jovem McCarthy... um deles é o “cooee!”, que o pai gritou e não foi um chamado para o filho. Essa é uma típica expressão australiana, Watson. Creio que o velho tinha um encontro com um conhecido da Austrália e usou algo familiar para ambos... O segundo item que me surpreendeu se refere ao tal rato, falado pelo moribundo.

— Holmes, era um delírio!

— Não creio, Watson. — Holmes tirou um papel do bolso e o estendeu para mim. — Este é o mapa da colônia de Vitória. Telefonei para Bristol e eles me enviaram um exemplar ontem à noite. — Apontou para um local no mapa: — O que você lê aqui?

— Arat — falei.

— Ballarat, na verdade — explicou Holmes. — Creio que o velho dizia o nome do seu assassino, "fulano de tal, de Ballarat", mas o filho ouviu só a última sílaba e imaginou que o pai dizia "rat", rato. Pois bem, o nosso assassino é um australiano que usava capa cinzenta, acredito na veracidade desse depoimento de James; além disso, é um homem que conhece o distrito, porque o lago só pode ser atingido pela fazenda ou pelo parque dos Turner. É impossível um estranho conhecer os caminhos.

— Espantoso! — Senti um arrepio no corpo diante da lógica da explicação. — Mas como sabe que ele é manco? Ou canhoto? Ou fumante de cigarros indianos?

— Elementar, meu caro Watson. A impressão da bota do pé direito era menos distinta que a do pé esquerdo. Pisava mais leve. Por quê? Porque mancava. Quanto a ser canhoto, bem, você mesmo se surpreendeu com o relato do legista de que a pancada foi dada por trás, do lado esquerdo. Eu lhe pergunto, como pode ser isso? Só um canhoto daria um golpe forte com a mão esquerda. Quanto aos cigarros... o nosso homem ficou escondido atrás das árvores, enquanto pai e filho conversavam, quase brigavam. A coisa demorou, ele até fumou um cigarro. Você sabe que tenho uma monografia a respeito do fumo, Watson, em que é possível reconhecer cento e quarenta variedades diferentes de tabaco... Encontrei o toco do cigarro entre a vegetação e logo o reconheci. Como a ponta não estava marcada pela boca, induzi o uso de piteira. A ponta estava cortada e não mordida, por isso sei que ele usou um canivete de pouco corte.

— Holmes — falei pausado, profundamente impressionado. — Você enredou esse homem de tal maneira que ele não tem como escapar. Poderá salvar a vida de um inocente! Agora é preciso encontrar um australiano canhoto, manco, que conheça a região e fuma cigarros indianos. O culpado é…

— O Sr. John Turner — anunciou o garçom do hotel, abrindo a porta da sala.

O homem que entrou era uma figura impressionante. Seus passos eram incertos, andava mancando e devagar como um idoso, mas as feições eram duras; braços e ombros enormes indicavam força e energia. Um homem de caráter. Estava mortalmente pálido, seus lábios tremiam. Induzi que sofria de uma moléstia crônica e fatal.

— O senhor recebeu meu bilhete? — Holmes lhe indicou uma cadeira.

— Sim, o porteiro entregou o recado. Dizia que o Sr. queria falar-me em particular para evitar um escândalo.

— Sei tudo a respeito de McCarthy — disse Holmes.

O velho cobriu o rosto com as mãos.

— Deus sabe que eu não deixaria o moço pagar pelo meu crime. Juro que confessaria antes que as coisas terminassem no tribunal.

— Alegra-me ouvir isso, senhor — disse Holmes solenemente.

— Só não falei antes por causa da minha querida Alice. Ficará de coração partido quando souber que fui preso.

— Talvez não precisemos chegar a isso… Sr. Turner, não faço parte da polícia regular. Estou agindo aqui a chamado da sua filha. Conte-nos a verdade. Eu tomarei nota, Watson servirá de testemunha. Prometo que usarei a confissão só em caso de absoluta necessidade.

— Está bem — concordou o velho. — Sou diabético há muitos anos, a doença se agrava. Creio que terei partido antes do julgamento, mas gostaria de poupar a minha Alice. Vou-lhes contar tudo, senhores. Agora, perto do clímax, não resta muito a dizer...

— Vocês não conheceram o falecido McCarthy. Era o diabo na Terra. Deus os livre de cair nas garras de um homem como ele! Infernizou minha vida por tantos anos! Tive culpa, sim, não sou nenhum santo. Mas paguei pelo que fiz, dia após dia, com esse McCarthy diabólico me fazendo recordar do passado... Tudo começou na década de 1860. Era jovem e arrojado, senhores, e me reuni com os piores elementos da Austrália. Com outros cinco companheiros, formamos um bando de assaltantes. Era tão cruel que meu apelido na ocasião era Black Jack de Ballarat.

A lembrança do apelido pareceu assombrar o velho, que se arrepiou antes de prosseguir:

— Planejamos o assalto ao trem que ia de Melbourne a Ballarat. Havia seis funcionários no trem contra seis dos nossos, uma luta arriscada. Três dos nossos rapazes foram mortos, mas vencemos. Apontei o revólver para a cabeça do condutor, que não era outro senão McCarthy. Antes o tivesse matado! Mas acabei poupando-o... Ele pôde olhar bem para o meu rosto. Fugimos com o ouro, ficamos ricos! Separei-me dos camaradas e resolvi voltar à Inglaterra, ser um homem de bem! Casei-me e comprei essas propriedades no vale de Boscombe.

"Infelizmente, minha esposa faleceu no parto, mas me deixou Alice. Mesmo pequena, sua mãozinha parecia me levar sempre para o bom caminho. Foi quando o passado me alcançou. Certo dia, estava em Londres a negócios quando ouvi sua voz:

— Ora, ora, aqui estamos, Jack. — McCarthy estava malvestido, era quase um mendigo. — Agora seremos uma só família, você, eu e meu filho. Você é tão rico que bem pode nos sustentar.

"Se eu recusasse, ele me acusaria. As leis da Inglaterra são rígidas, certamente acabaria preso. Então aceitei a chantagem. Instalei McCarthy em Hatherley, atendi a todas as suas exigências. A coisa ficou pior quando ele percebeu que, mais do que a polícia, temia que minha filha descobrisse o meu passado. Dei-lhe terras, dinheiro, casas... enfim, ele me pediu aquilo que não podia suportar: ele quis Alice. Seu filho também havia crescido e ele sabia que, se o casasse com Alice, acabaria meu herdeiro geral. Não desaprovo o rapaz, James tem boa índole, ao contrário do pai. Mas me causava horror ver sua maldita estirpe unindo-se a minha...

"Fiquei firme. Neguei o casamento. McCarthy me ameaçou e eu o desafiei. Nada mais tinha a perder. Marquei o encontro à beira do lago em meio a nossas propriedades para falar a respeito.

"Quando cheguei, vi McCarthy conversando com o filho. Esperei atrás de uma árvore e fumei um cigarro. Ele tentava convencer o filho a aceitar o casamento, mas usava de tais termos... referia-se a Alice como se ela fosse uma moça suja de rua! Tudo que havia de mau e odioso em minha personalidade me veio à cabeça.

"Já era um moribundo, um desenganado... mas saber que minha pobre filha também ficaria nas suas garras... ah, foi demais! Pequei, sim, Sr. Holmes. E passei a vida expiando esses meus erros. Mas minha filha! Minha menina inocente, que pecado cometeu para prosseguir nessa infâmia? Então confesso que o abati como se ele fosse uma planta venenosa. Seu grito trouxe o rapaz de volta. Eu já havia me afastado na mata quando percebi ter esquecido a capa. Voltei para pegá-la e vi o jovem McCarthy se afastar correndo para buscar ajuda.

"Essa é minha confissão, Sr. Holmes. É a verdadeira história de tudo que aconteceu."

Holmes passou ao velho uma folha, o relato de tudo que ouvíramos. Enquanto ele assinava, disse:

— Não sou o seu juiz, Sr. Turner. Sei que o Sr. em breve deverá responder a um tribunal mais elevado do que o da nossa humana justiça... só usarei sua confissão se o jovem McCarthy for condenado. Seu segredo ficará seguro conosco.

— Então adeus — disse o velho solenemente. — Quando chegar a hora da morte de vocês, espero que essa sua atitude lhes sirva de alívio, pelo bem que me causaram.

Mancando e tremendo, o homem moveu o corpo gigantesco e saiu da sala.

— Holmes, diante de casos assim, quero parodiar um poeta! — citei, adaptando: — Onde não está a graça de Deus, vai Sherlock Holmes.

Era o fim do caso do vale Boscombe. Semanas depois, houve o julgamento do jovem McCarthy. Ele acabou absolvido por conta das inúmeras objeções levantadas por Holmes.

O velho Turner sobreviveu por mais sete meses depois de nossa conversa. Faleceu tranquilamente no seu lar, aos cuidados da filha adorada, que nunca soube do passado do pai. James e Alice são órfãos e podem seguir caminho com a esperança da felicidade, inocentes da sombra que enegrecia o seu passado.

Um ano se passou depois do crime. Casualmente, Sherlock e eu soubemos que Alice e James ficaram noivos; mesmo à distância, nós lhes desejamos muitos e bons anos de feliz matrimônio.

O TEMPO DE CADA UM

lenda chinesa

Fábulas e narrativas populares se perdem no tempo, trazendo luzes de sensatez e compreensão sobre nossos sentimentos. Vem do Oriente esta mensagem de grande sabedoria: quantas vezes as pessoas reclamam da vida, sentindo-se inúteis, quando na verdade nem chegaram ao clímax da existência? Faltam-nos critérios e serenidade para identificarmos qual nosso melhor momento...

Aquela velha amoreira vivia na floresta havia tanto tempo que se confundia com ela. Nos seus melhores dias, seus galhos altivos deram muita sombra aos viajantes. Suas pequenas e suculentas amoras alimentavam dezenas de aves migratórias, que vinham de longe para saborear seus frutos. O tronco imponente da árvore era motivo de orgulho para os habitantes do lugar. Mas o tempo passou... Depois de uma tempestade especialmente violenta, a velha amoreira estava alquebrada, feia, ressecada.

Já não era igual a outras árvores. Não nasciam mais folhas em seus galhos nem as flores viravam frutas atraentes para insetos e pássaros. Ninguém reparava que aquele tronco retorcido fora antigamente o caule de uma árvore tão frondosa, citada nas conversas dos pássaros de regiões distantes.

Na época da primavera, as folhas verdes ainda cobriam suas deformidades, mas os ventos sempre vinham e acabavam carregando aquele belo manto de folhas para longe. Assim, nada restava para disfarçar sua feiura.

Passaram-se muitos anos. A amoreira começou a se sentir vazia por dentro. Seu coração também estava ferido, do mesmo modo que o seu corpo. Como estava muito, muito velha, deu de se lamentar:

— Ninguém me quer. Não tenho mais nenhuma utilidade no mundo... Oh, Senhor! Por que me manter aqui se nada me resta? Por que não envia um raio final, na próxima tempestade, que me transforme em cinzas e acabe por fim com essa miséria?

Então, se ouviu: *toc, toc, to-ro-roc-toc, toc*! Era o Sr. Pica-pau de cabeça vermelha bicando o tronco da velha amoreira. Ele martelava e furava, até que fez uma porta de entrada. Na parte oca da árvore, encontrou um salão pronto, cheio de bichinhos para ele e sua família comerem quando chegasse o frio. As paredes da casa eram quentinhas, estava tudo muito arrumado e aconchegante. Olhou em volta e falou, alegre:

— Que felicidade encontrar esta árvore oca! Fico tão agradecido!

Chuip! Chuip! Era o Sr. Esquilo, correndo pelo tronco da velha amoreira. Suas patas fizeram cócegas na madeira enrugada, até que achou um buraco redondo. Ele espiou para dentro e… ah, que bonito! Era uma casinha pronta, confortável e acolhedora! Depressa, forrou o chão com musgo e viu prateleirinhas nas laterais, ótimas para amontoar suas nozes quando chegasse o frio. Era um lugar seguro para esperar a chegada da primavera.

— Que felicidade encontrar esta árvore oca! Fico tão agradecido!

Nesse momento, algo muito especial aconteceu com a velha amoreira. As asas daquele passarinho batiam animadas como sua antiga seiva e os passos daquele esquilo lembravam os movimentos das suas folhas… Com isso, seu coração vegetal inchou de alegria. Ela renascia!

Agora, em vez de suspirar com o vento, seus ramos cantam de felicidade. Quando o outono traz a chuva gelada, as gotas pendem de seus galhos com o brilho de diamantes. E, no inverno, a neve a cobre com um manto branco da imponência de uma capa real. Seja noite ou seja dia, a velha amoreira irradia paz e tranquila serenidade.

Em toda a floresta, não existe árvore mais feliz nem mais bela que aquela velha amoreira.

TRÊS PERGUNTAS

Liev Tolstói

O que o futuro nos reserva? Se pudéssemos adivinhar qual o melhor momento de agir, o que fazer, com quem e para quem! Não seríamos mais justos e felizes se tivéssemos o dom da premonição? O grande escritor russo Liev Tolstói refletiu sobre a questão, trazendo respostas bem intrigantes.

Liev **Nikoláievich Tolstói**, mais conhecido em português como **Leon** (1828-1910), foi um escritor russo, nascido em família aristocrática, autor de *Anna Karenina* e do ambicioso romance histórico *Guerra e Paz*, reconhecidos como obras-primas. Na idade madura, após uma crise espiritual, tornou-se pacifista e pensador cristão.

Certo dia, um rei teve uma ideia surpreendente, quase uma revelação: se soubesse qual a hora certa de começar alguma coisa, quais pessoas deveria ouvir ou evitar e, principalmente, se percebesse qual era a coisa mais importante a fazer, ele jamais falharia em qualquer empreendimento! Fascinado por sua descoberta, o rei proclamou por todo o reino que daria grande recompensa para quem lhe ensinasse exatamente isso: o que fazer, quando e com quem.

Seduzidos pela recompensa, muitos homens foram ao encontro do rei, mas suas respostas foram tão diversas que confundiram o monarca. Resolveu, então, que se havia um homem capaz de ajudá-lo era um eremita, homem sábio e simples, que se refugiara havia anos numa floresta distante, de onde nunca saía. Apenas ali ele atendia às pessoas comuns, sem se importar com títulos, recompensas ou honrarias.

Decidido a ter suas respostas, o rei se disfarçou de viajante, deixou sua guarda pessoal à entrada do bosque e prosseguiu o caminho sozinho, montado em seu cavalo. Localizou o eremita em frente a uma cabana rústica, cavando o chão. O eremita viu o viajante, cumprimentou-o e continuou sua tarefa. O rei apeou do cavalo e se dirigiu a ele:

— Sábio senhor, vim de longe para lhe fazer três perguntas: primeiro, como posso fazer o que é certo na hora certa? Segundo, quem são as pessoas de que mais preciso ao meu lado, a quem devo prestar mais atenção? Por último, quais são os atos essenciais, que assuntos são os mais importantes a merecerem minha atenção?

O eremita ouviu, mas não parou de cavar. Era um homem frágil pela vida rude que levava e a cada instante parava a tarefa e suspirava profundamente...

O rei se apiedou dele. Aproximou-se:

— O Sr. está muito cansado, meu velho. Deixe-me cavar um pouco em seu lugar.

O eremita agradeceu, passou a pá ao rei e se sentou ao seu lado, no chão, observando o trabalho.

Depois de ter cavado duas sementeiras, o monarca parou e refez as três perguntas, mas não obteve respostas. A tarefa prosseguiu por outras horas. À noitinha, o monarca estava cansado e desiludido. Ia partir quando ouviram passos.

— Ouça — disse o eremita, atento. — Alguém chega correndo.

Viram um homem barbado sair da floresta. Apertava o estômago com ambas as mãos, e por ali jorrava o sangue. Caiu ao pés do rei, gemendo baixinho.

Depressa, o rei e o eremita o ajudaram, afrouxaram suas roupas, localizando um grande corte em seu corpo. O rei lavou a ferida o melhor que pôde e o eremita arrumou panos para enfaixá-lo. Levaram-no para a cabana e o deitaram na única cama do aposento. Exausto, o monarca se deitou aos pés do enfermo e imediatamente dormiu.

Pela manhã, o rei demorou a lembrar onde estava e quem era aquele homem barbado ao seu lado, que o olhava fixamente, os olhos vermelhos e fixos como brasas incandescentes.

— Perdoe-me! — murmurou o homem quando seus olhos e os do rei se encontraram.

— Perdoá-lo pelo quê? — O rei se surpreendeu. — Não o conheço e não sei de motivo para perdoá-lo.

— Não me conhece, senhor, mas eu o conheço. — O ferido se ajeitou melhor entre os panos da cama e prosseguiu, a voz embargada pelo cansaço e pela emoção: — Sou aquele inimigo que jurou vingar-se do senhor por ter mandado executar o meu irmão e tomado a minha propriedade. Soube que viria até o eremita sozinho e percebi que era um bom momento para realizar minha vingança. Escondi-me no caminho, disposto a enterrar minha faca em suas costas. Mas o dia passou e o senhor não voltava... então saí do esconderijo e acabei topando com seus guarda-costas. Eles me reconheceram, nós lutamos e fui ferido. Então corri para cá, e teria sangrado até a morte se o senhor e o eremita não tivessem me acudido. — O queixo do homem tremeu, seus olhos se encheram de lágrimas. — Eu pretendia matá-lo e o senhor salvou a minha vida. Se eu sobreviver, senhor, juro que o servirei como o mais leal dos súditos e direi a meus filhos para fazerem o mesmo. Perdoe-me!

O rei ouviu toda a história, comovido e satisfeito com seu desfecho. Fizera a paz com um inimigo e tinha agora um novo e leal companheiro! Não apenas o perdoou como disse que mandaria seu próprio médico atendê-lo. E disse mais:

— Não posso trazer seu irmão do reino dos mortos, aliás, nem sei direito do que foi acusado, já que julgar é tarefa de meus juízes. Prometo, porém, que devolverei a propriedade aos descendentes de seu irmão.

Deixou o homem ferido descansar e saiu da cabana. Encontrou o eremita no mesmo lugar da véspera, plantando na sementeira. Disse que precisava partir, só que antes desejava ter as respostas para as perguntas que tanto o afligiam.

— Ora, majestade! — O eremita sorriu, revelando que o reconhecera desde o começo. — Creio que já recebeu as suas respostas.

— Como? — O rei se surpreendeu. — O que quer dizer?

— Não percebe? — disse o eremita. — Se não tivesse ficado com pena de mim e me ajudado ontem com a horta, teria ido embora. O seu inimigo o atacaria e quem sabe não o matava... Por isso, a hora mais importante foi quando cavava as sementeiras. Eu era o homem mais importante e fazer-me um favor foi a coisa mais importante. — O eremita mantinha um sorriso satisfeito no rosto enrugado e prosseguiu: — Depois, aquele homem chegou correndo e a hora mais importante foi quando curava as suas feridas, pois ele poderia morrer sem ter feito as pazes com o senhor. Por isso, ele era o homem mais importante e o que fazia para ele era a coisa mais importante. Percebeu agora, meu rei?

O monarca ouviu com atenção, estranhamente comovido. O eremita concluiu:

— Lembre-se, majestade: há somente um momento que é importante, o agora! Agora é a hora mais importante porque é o único instante em que temos algum poder. O homem mais necessário é aquele com quem se está, pois não sabe se voltará a encontrá-lo. E o assunto mais importante... ora, é fazer o bem para ele. Pois saiba, meu rei, que foi com esse propósito que o homem foi enviado para essa vida.

O DISCO DA MORTE

Mark Twain

Justiça é sinônimo de legalidade? Quando a lei é rigorosa demais, sem abrir exceções, merece ser respeitada? Mark Twain escreveu um texto ficcional sobre um personagem histórico, Oliver Cromwell, líder da guerra civil inglesa em meados do século XVII. Era tão intransigente que foi alcunhado como "homem de ferro". Será que seu coração não teria a chance de se derreter diante dos pedidos de uma criança?

Mark Twain, pseudônimo de **Samuel Langhorne Clemens** (1835-1910), foi escritor, jornalista e humorista norte-americano. Autor dos romances *As Aventuras de Tom Sawyer* e a continuação *As Aventuras de Huckleberry Finn*, que muitos críticos consideram "o início do romance americano". Foi extremamente popular, era um palestrante requisitado. Escreveu também crônicas de viagem e narrativas de fundo histórico.

A história que eu vou contar é dos tempos terríveis em que a Inglaterra estava sob domínio do governo de Oliver Cromwell. Ele era um governante determinado e implacável fosse com os inimigos, fosse com aqueles que julgava traidores. Punia brutalmente qualquer resistência a suas ordens.

O coronel Mayfair era o mais jovem oficial da guarda de Cromwell. Com trinta anos apenas, já participara corajosamente de muitos combates e gozava de prestígio entre os republicanos. Deveria estar feliz. Por que, então, aquela expressão desolada? Aquela tristeza no seu rosto e no de sua esposa, ambos sentados na pequena sala da casa, calados e de mãos dadas, imóveis?

Era uma noite de inverno. Lá fora, reinava a escuridão e o barulho da tempestade; dentro da casa, silêncio.

O casal ouviu o ruído dos passos da filha, Abby, de sete anos, que vinha se despedir dos pais antes de dormir. Mayfair disse à esposa:

— Limpe suas lágrimas, querida, para que nossa filha de nada desconfie.

A chegada da menina iluminou a sala. Era uma criança loira, de rosto corado e muito inteligente para sua idade. Sentou-se nos joelhos do pai, deu-lhe um beijo na face e lhe pediu uma história.

— Você quer uma história bem alegre, não é, Abby?

— Não, papai! Quero uma história triste, de dar medo, como se fosse verdade. Mas que tenha final feliz... Mamãe, fique pertinho de mim e me dê a mão.

O casal estremeceu. Com a voz rouca pela emoção, o jovem oficial iniciou sua história:

— Era uma vez três coronéis que numa batalha acabaram desobedecendo ordens. Eles deveriam manter sua posição e esperar que o restante do exército da República fizesse a retirada. Entusiasmados, porém, com a chance de vencer o inimigo, acabaram avançando e ganharam a batalha.

— Oh, papai, mas então é uma história alegre! — disse a menina, batendo palmas.

— Nem tanto, querida filha... — disse o pai. — O grande general ficou sabendo da desobediência e exigiu que os três coronéis viessem a Londres para um julgamento.

— O general é o senhor Cromwell, não é, papai? Eu sempre o vejo passar diante da nossa janela, montado no seu grande cavalo, à frente dos soldados. Todos têm medo dele, mas eu não tenho.

— Ah, minha menina corajosa! Todos temem o coronel Cromwell, e com razão... Seus juízes ouviram os três coronéis e os condenaram à morte. Permitiram apenas que, antes da execução, cada um deles pudesse visitar a família uma última vez...

— São passos na rua! — disse a esposa, apavorada, ouvindo os sons da tempestade.

Os olhos de Abby se arregalaram.

— Então é uma história verdadeira, papai?

— Sim, querida.

— Oh, mamãe está chorando... Por que, mamãe?

— Por nada, filha — disse a mãe. — Pensava nos três coronéis e sofria pelas suas famílias.

— Não chore, mamãe. Aposto que eles não morrerão. Continue a história, papai.

— Os coronéis puderam se despedir das famílias. Mas logo os soldados virão buscá-los. Eles serão levados para a torre e serão fuzilados.

— Você conhece esses homens, papai?

— Sim, filhinha — respondeu com os olhos marejados de lágrimas.

— Bem que gostaria de conhecê-los. Gostaria de abraçá-los.

— Dê-me um abraço, filha, bem forte. Será com se fosse para eles.

— Desta vez não é o vento! — gemeu a esposa.

— Em nome do general, abram a porta! — gritaram de fora.

A apavorada mulher não se atreveu a recusar a ordem. Três soldados invadiram a pequena casa. Um deles ordenou:

— Coronel Mayfair, temos ordens de conduzi-lo à torre.

O pobre coronel abraçou longamente a esposa e a menina e acompanhou a guarda.

— Papai vai até a torre, mamãe? Então vai se encontrar com os pobres condenados... Será que vai mandar meu abraço a eles?

— Venha, filhinha, vamos rezar...

...

No dia seguinte, a esposa do coronel Mayfair não conseguia sair da cama, consumida pela febre. Abby recebera ordem de brincar à porta da casa, mas, decidida a avisar o pai sobre a doença da mãe, a menina corajosa foi até a torre.

Naquela terrível prisão, o general Cromwell acertava a ordem de execução:

— Não é justo que os três morram — confidenciava ele a um juiz. — Que seja! Tiraremos à sorte, e Deus fará a escolha do condenado.

— Senhor — disse um ordenança. — Há uma menina na porta que quer lhe falar.

O comandante sorriu.

— Eis que a Providência toma conta do caso! Traga a menina até aqui. Ela escolherá qual dos coronéis deve morrer sem nada conhecer do assunto.

Logo Abby estava diante do comandante. Sem a menor cerimônia, a menina lhe subiu ao colo e disse:

— Todos têm medo do senhor, menos eu.

Essas palavras trouxeram um leve sorriso à severa expressão de Cromwell, que disse:

— Você me lembra minha filha quando pequena. Que Deus a tenha... era mimosa e gentil como você.

— Quer me dar um abraço como se fosse para ela?

— Claro, menina! Pronto. Este beijo é para você, como se fosse para ela. Peça-me o que quiser, eu o farei.

Antes que a menina fizesse um pedido, o ordenança entrou e murmurou aos ouvidos do general:

— Os homens estão prontos na sala ao lado, senhor.

Cromwell se levantou e pegou três discos de cera, dois brancos e um vermelho. O vermelho indicaria qual dos coronéis deveria morrer. Estendeu os discos para a menina.

— Que lindos! São para mim?

— Não, querida, você vai até a outra sala, onde estão três homens de costas. Cada um estará com a mão aberta e você colocará uma dessas coisinhas na mão deles. Depois que fizer isso, volte para mim. — A menina saiu. — Deus sabe quem esse coração puro escolherá! — disse Cromwell, ficando sozinho.

Abby entrou na sala em penumbra, onde quedavam os soldados e os três prisioneiros.

Demorou um tempo para acostumar a vista.

— Ah! Estou reconhecendo as costas de papai. Ele é que ganhará o disco mais bonito. — Correu então para os homens e fez sua escolha. — Papai, papai, eu lhe dei o disco mais bonito, o vermelho, papai!

O pobre homem se virou, olhou para o presente fatal e caiu de joelhos. Tomou a filhinha nos braços, em prantos. Os soldados, oficiais e testemunhas não se contiveram diante daquela terrível escolha, também estavam comovidos.

— Senhor — disse um soldado, tocando no ombro do coronel —, detesto fazer isso, mas são ordens. Tenho de levá-lo.

A menina, ainda abraçada ao pai, nada entendia:

— Levar meu pai? Para onde? Eu é que vou levá-lo para casa. Mamãe está doente. — Rodeou o pescoço do pai com os bracinhos: — Ande, papai. Vamos!

Nesse momento, Cromwell entrou na sala. Sua presença causou um impacto profundo, um frio de medo percorreu todas as espinhas.

— O que se passa?

— Oh, senhor, esses homens não me deixam levar meu paizinho para casa.

— É esse seu pai, meu bem?

— Sim, eu lhe dei o disco mais bonito, o vermelho...

— Oh, Deus! O que fazer? — rugiu Cromwell, entendendo a terrível escolha do destino.

Abby, impaciente e irritada, apertou a mão do general:

— O senhor disse agora mesmo que ia fazer tudo que eu pedisse, como se fosse sua filha. Então tem de deixar meu paizinho vir comigo!

O rosto de Cromwell se iluminou como por encanto. Colocou a mão sobre a cabeça da criança e disse alto:

— Agradeçamos a Deus por ter-me feito fazer essa promessa! E lhe agradeço também, corajosa menina, por me lembrar dela. Oficial — dirigiu-se a um dos soldados —, esta menina fala por mim. Obedeça à sua ordem, solte o prisioneiro!

O SABIÁ E O URUBU

Monteiro Lobato

A gratuidade do mal! O que nos motiva a ser cruéis? O que nos afasta das virtudes, da bondade e da busca pela justiça? Essas questões perturbadoras e imortais constam na obra de inúmeros escritores, inclusive na de Monteiro Lobato, seja nos livros adultos ou naqueles para crianças. Lobato admirava as fábulas e os fabulistas, comentava-as e as reescrevia. Em *O Sabiá e o Urubu*, classifica a maldade como um rancoroso filho da inveja.

José Bento Renato Monteiro Lobato (1882-1948) foi um escritor brasileiro, tradutor, crítico e editor. Iniciou a carreira como polemista com o artigo sobre o Jeca Tatu, personagem de *Urupês*. Sua obra infantil, que conta com os personagens do Sítio do Picapau Amarelo, é reconhecida mundialmente.

Era à tardinha. Morria o sol no horizonte enquanto as sombras se alongavam na terra. Um sabiá cantava tão lindo que até as laranjeiras pareciam absortas à escuta.

Estorce-se de inveja o urubu, e se queixa:

— Mal abre o bico esse passarinho e o mundo se enleva. Eu, entretanto, sou um espantalho do qual todos fogem com repugnância... Se ele chega, tudo se alegra; se eu me aproximo, todos recuam... Ele, dizem, traz felicidade; eu, mau agouro... A natureza foi injusta e cruel para comigo. Mas está em mim corrigir a natureza; mato-o e desse modo me livro da raiva que seus gorjeios me provocam.

Pensando assim, aproximou-se do sabiá, que, ao vê-lo, armou as asas para a fuga.

— Não tenha medo, amigo! Venho para mais perto a fim de melhor gozar as delícias do canto. Julga que, por eu ser urubu, não dou valor às obras-primas da arte? Vamos lá, cante! Cante ao pé de mim aquela melodia com que há pouco você extasiava a natureza.

O ingênuo sabiá deu crédito àqueles mentirosos grasnos e permitiu que dele se aproximasse o traiçoeiro urubu. Mas este deu-lhe tamanha bicada que o fez cair, moribundo.

Arquejante, com os olhos já vidrados, gemeu o passarinho:

— Que mal fiz eu para merecer tamanha ferocidade?

— Que mal fez? É boa! Cantou...! Cantou divinamente bem, como nunca urubu nenhum há de cantar. Ter talento: eis o grande crime...!

A inveja não admite o mérito.

O CORAÇÃO DENUNCIADOR

Edgar Allan Poe

Se a gratuidade do mal é perturbadora, justificá-la com a lógica da loucura pode ser apavorante. Em especial se isso acontecer em uma história de Edgar Allan Poe, "pai" dos contos de terror, que faz uso magistral da narrativa em primeira pessoa. Em *O Coração Denunciador*, temos o discutível privilégio de acompanhar as explicações de um assassino que usa da mais cristalina lógica para justificar seus atos.

Edgar Allan Poe (1809-1849) foi escritor, poeta, crítico literário norte-americano, autor importante do Romantismo, considerado um dos precursores do conto, do gênero terror e mesmo da ficção científica. Seu poema, *O Corvo*, foi aclamado como genial ainda em vida do autor. Há traduções em língua portuguesa feitas por Machado de Assis e Fernando Pessoa.

É verdade! Sou nervoso, muito nervoso, terrivelmente nervoso! Mas por que afirmar que sou louco? A loucura poderia intensificar meus sentidos, mas nunca os destruiria. E o mais intenso, acima de tudo, era o sentido da audição. Eu ouvia todas as coisas, no céu e na terra. Algumas coisas do inferno ouvia também... Por isso dizer que estou louco? Acompanhe-me. Veja com que clareza, com que detalhismo eu agi. Passo a passo, como elaborei meu plano. Sou capaz de contar tudo, todos os detalhes! Um louco faria isso?

É impossível dizer como a ideia surgiu em meu cérebro. Mas depois que ela apareceu, me perseguiu noite e dia. Não havia motivo. Não havia ódio. Eu gostava do velho. Ele nunca me fez mal. Nunca me ofendeu. Não queria o seu dinheiro. Penso que era o olhar dele! Sim, era isso! Um de seus olhos se parecia com o de um abutre... um olho azul pálido, doente de catarata. Meu sangue gelava a cada vez que esse olho pousava sobre mim. Assim, lentamente me foi surgindo a ideia de que, se quisesse me livrar daquele olhar, teria de me livrar do velho.

Um louco jamais seria capaz de planejar como eu planejei meu ataque. Não sou louco! Com que prudência, com que paciência eu lancei mãos à obra!

Nunca fui tão bondoso para com o velho como na semana em que decidi matá-lo. Todas as noites, por volta de meia-noite, eu girava o trinco de seu quarto e abria a porta... colocava uma lanterna coberta à minha frente e cuidadosamente espiava... depois, como era cauteloso em abrir uma fresta de luz para atingir apenas o olho do velho... Um louco seria assim, previdente?

Repeti esse ritual durante sete longas noites, sempre à meia--noite... e sempre encontrei o olho fechado. Isso impedia que prosseguisse em meu plano diabólico, porque não era ao velho que eu odiava, mas a seu olho maldito. De manhã, sempre entrava em seu quarto e falava ternamente com ele, perguntando como havia passado a noite.

Na oitava visita, fui mais cauteloso que de hábito ao abrir a porta. Pensar que ali estava eu, em seu quarto, e que ele nem sequer sonhava com os meus pensamentos secretos... Ri de prazer, mas entredentes, mesmo assim deve ter-me ouvido... Moveu-se na cama. Pois eu não recuei. Não! Continuei a avançar, cada vez mais, cada vez mais. Já estava quase abrindo a lanterna quando o velho saltou da cama, gritando:

— Quem está aí?

Fiquei imóvel, em silêncio. Durante longos segundos, não movi um músculo. Ele ainda estava sentado na cama, escutando. Depois ouvi um leve gemido e notei que era o gemido do terror mortal. Era o som que sai do fundo da alma quando se está apavorado. Bem conhecia esse som. Muitas noites, quando o mundo inteiro dormia, ele vinha de meu próprio peito com seu eco monstruoso.

Depois de esperar longo tempo, com muita paciência, sem ouvi-lo deitar-se, resolvi abrir um pouco, muito pouco, a tampa da lanterna. Fui bem vagaroso, e um fio muito fino de luz passou pela fenda... nada via da face do velho. A luz focava aquele olho, a luz caiu sobre o olho de abutre.

Ele estava aberto... plenamente aberto! Ao vê-lo, minha fúria cresceu. Vi-o horrendo, com a película que o cobria, o que me dava medo até os ossos. Aos poucos, lenta e continuamente, comecei a ouvir o som. Era baixo, monótono, rápido como um relógio... Percebi que eram as batidas do coração do velho.

O som aumentava minha fúria, como o bater de um tambor estimula a coragem do soldado.

E o som aumentava, aumentava a cada instante! O terror do velho devia ser extremo. Julguei que o coração ia arrebentar. E depois nova angústia me tomou: o barulho poderia ser ouvido por algum vizinho! A hora do velho tinha chegado! Com um grito alto, escancarei a lanterna e pulei para dentro do quarto. Ele guinchou uma vez... uma vez só. Joguei-o ao chão e virei a pesada cama sobre ele. Então sorri alegremente por ter concluído minha tarefa. O coração bateu ainda por alguns minutos... depois parou. O velho estava morto. Ergui a cama e conferi: sim, o velho era um cadáver, duro como pedra. Coloquei a mão sobre o coração e conferi: não havia pulsação. Seu olho não mais me perturbaria.

Se alguém pensa que sou louco, não mais pensará assim! Tomei sábias precauções para esconder o cadáver. A noite avançava, trabalhei depressa. Agi com sensatez. Primeiro, esquartejei o corpo. Cortei-lhe a cabeça, os braços e as pernas. Um trabalho revigorante, ao qual me dediquei com afinco, com dedicação! Depois, arranquei três tábuas do soalho e coloquei os pedaços do corpo entre os vãos. Recoloquei a madeira com tamanha habilidade e perfeição que nenhum olho humano — nem mesmo o dele — distinguiria qualquer coisa suspeita. Não deixei marca de sangue, lavei tudo com cuidado. Ah, ah, ah!

O sino soou a hora, eram quatro da madrugada quando terminei tudo, mas estava escuro como se fosse meia-noite. Nesse momento, ouvi baterem à porta. Quem seria? Convidados do velho, jamais! Deveria atender? Por que não? O que haveria para temer?

Desci, atendi a porta. Entraram três homens que se apresentaram como soldados da polícia. Um vizinho havia ouvido um grito, eles vieram investigar.

Sorri... Dei boas-vindas aos soldados. O grito, disse eu, fora meu mesmo, em sonhos. O velho, expliquei, estava ausente, em viagem. Levei meus visitantes a percorrer a casa. Pedi mesmo que eles dessem uma busca completa. Afinal, eu os conduzi ao quarto dele. Estava tão confiante, trouxe cadeiras para o quarto e desejei que eles ficassem ali para descansar do trabalho, enquanto eu mesmo, vibrando com minha audácia, colocava minha cadeira exatamente no lugar onde escondera o cadáver do velho.

Os soldados ficaram satisfeitos. Minhas maneiras os tinham convencido. Sentia-me tão à vontade! Conversamos sobre assuntos simples. Mas, dentro em pouco, senti que ia empalidecendo e desejei que eles saíssem. Minha cabeça doía e me parecia ouvir zumbidos nos ouvidos. Eles, porém, continuavam sentados e continuavam conversando. O zumbido ficou mais forte e mais alto. Eu falava rapidamente, tentando dominar a sensação. O ruído, porém, começou a aumentar... até que, afinal, percebi que o barulho não era dentro de meus ouvidos.

Senti que minha palidez aumentava. Eu falava ainda mais e num tom de voz mais alto. E o som aumentava... Que podia fazer? Era um som grave, ritmado, rápido... muito semelhante ao de um relógio envolvido em algodão. Comecei a respirar com dificuldade... No entanto, os soldados nada ouviam. Falei mais depressa ainda. O som continuava. Aumentando. Levantei-me e fiz perguntas tolas num tom bastante elevado e gesticulei, mas o som continuava aumentando. Oh, Deus! Que poderia fazer? Gritei... enraivecido... xinguei! Arrastei a cadeira sobre as tábuas, mas o barulho se elevava acima de tudo. Tornou-se mais alto... mais alto... mais alto! E os homens continuavam a falar, e sorriam. Seria possível que não ouvissem? Deus todo-poderoso! Não, não! Eles suspeitavam! Eles sabiam! Estavam zombando do meu horror! Isso pensava e penso ainda. Não podia suportar por mais tempo aqueles sorrisos hipócritas! Sentia que devia gritar ou morrer, e agora… de novo… mais alto… mais alto… mais alto… mais alto!

— Bandidos! — gritei. — Não finjam mais! Confesso o crime! Arranquem as tábuas! Aqui, aqui! Ouçam o barulho do seu horrível coração!

JOSÉ E SEUS IRMÃOS

Bíblia Sagrada - Gênesis, 30:8 a 45:8

Qual a relação ideal entre irmãos? O amor fraternal deveria ser de compreensão, solidariedade, acolhimento... Infelizmente, a rivalidade e o ciúme envenenam muitos relacionamentos. A gravidade desse mal incomoda o homem há séculos... *Bíblia Sagrada* registra a história dos filhos de Jacó, digna parábola sobre o valor do perdão.

Conta a *Bíblia Sagrada* que em Canaã viveu o patriarca Jacó, que tinha muitos filhos. José era o filho caçula e também o seu favorito. Desde pequeno, José era especial, tinha sonhos muito bonitos, que geralmente revelavam acontecimentos e sugeriam atitudes.

Certa vez, José contou um sonho à família, no qual ele e seus irmãos estavam no campo, juntando o trigo e o amarrando em maços. De súbito, o seu feixe saltou de sua mão, parando de pé. Enquanto isso, os feixes feitos pelos irmãos o rodearam e ficaram em *L*, como se ajoelhados diante do seu.

Os pais muito se impressionaram com o sonho, mas o fato irritou bastante os irmãos mais velhos. Um deles ainda ironizou:

— Será que isso sugere que a gente deveria se ajoelhar aos pés de um garoto? Adorá-lo feito um deus?

Os murmúrios de desaprovação dos irmãos prosseguiram por muitos anos. José era sempre dócil e gentil, seus sonhos eram narrados com muita beleza. José era amado pelos pais e pelos agregados da família de Jacó, o que só acentuava o rancor de seus irmãos.

Quando fez dezessete anos, José recebeu de presente do pai uma bela túnica, e isso foi a gota d'água. Os irmãos se reuniram e resolveram se livrar do caçula para sempre. Combinaram de matá-lo no dia seguinte, quando fossem pastar as ovelhas.

Sem nenhuma desconfiança, José acompanhou seus irmãos ao campo. Eles o despiram e o jogaram num poço. Iam pegar as lanças para dar cabo da sua vida quando apareceu uma caravana.

— Esperem! — disse o mais velho. — Por que sujar nossas mãos de sangue? Vamos vender José a esses mercadores de escravos.

Assim fizeram. Por mais que José implorasse piedade, foi vendido pelos irmãos e seguiu para o Egito com a caravana. Quando retornaram para a casa. Os invejosos mentiram ao pai, dizendo que José se perdera e provavelmente fora devorado por animais. Como prova, mostraram a túnica rasgada e suja do sangue da ovelha que haviam sacrificado em lugar do irmão.

Jacó sofreu muito, mas se conformou com a perda do favorito. Seus invejosos filhos pensaram, assim, que se livravam definitivamente daquele irmão que tanto os humilhara com seus talentos especiais.

Enganaram-se. Os desígnios do Senhor são misteriosos e o destino de José era o da grandiosidade...

No Egito, o rapaz escravo continuou revelando seu bom caráter, o talento de conversar com as pessoas e compreender seus problemas. Continuou também tendo sonhos, que o confortavam; muitas vezes, os narrava para as pessoas. Logo, essas habilidades eram conhecidas por toda a capital do Egito.

Certa ocasião, o faraó se viu incomodado por sonhos muito perturbadores: sonhava com sete vacas gordas, que eram devoradas por sete vacas magras. Mandou chamar José para que ele interpretasse a mensagem.

— Majestade, creio que o sonho é uma profecia: o Egito enfrentará sete anos de fartura, representados pelas sete vacas gordas. Mas tem de se precaver, porque depois virão sete terríveis anos de seca e sofrimento. Sugiro que indique um ministro sábio e previdente para organizar o povo e armazenar alimentos.

O rei ficou encantado com a habilidade e sinceridade de José e nomeou o rapaz para o cargo de primeiro-ministro.

Os anos passaram e a profecia realmente se concretizou. A região viveu sete anos de felicidade e fartura; depois, começou a terrível época da seca e da miséria. Ao contrário do que acontecia no entorno, o Egito se protegeu do desastre com a prevenção do grão-vizir, estocando alimentos.

A situação em Canaã era terrível. A fome chegou a tal ponto que Jacó só via uma solução: enviar os filhos ao Egito para implorarem a ajuda do faraó. Eles o obedeceram; descobriram que muitos povos vizinhos, também desesperados, encontravam-se na capital, lotada de estrangeiros famintos.

Uma multidão cercava o palácio. Os irmãos de José, como tantos, aguardavam por uma audiência com o poderoso primeiro-ministro do faraó. Mal sabiam eles que o próprio os observava, escondido por uma pilastra. Imediatamente os reconheceu.

José surgiu entre o povo cercado por soldados, glorioso com as roupas da nobreza. Dirigiu-se ao primeiro irmão:

— Homem de Canaã, o que faz nessa fila?

— Oh, Excelência! — disse ele, sem reconhecer José, prostrando-se no chão. — Estamos aqui para implorar a misericórdia do faraó. Nosso povo de Canaã sofre com a seca e a fome. Viemos pedir ajuda...

— Quem veio pedir ajuda?

O homem citou o nome de todos. Eram aqueles irmãos que haviam roubado as roupas de José, que o haviam jogado no poço, ameaçado de morte e vendido como escravo... E tudo isso por quê? Pelo ciúme que sentiam do amor de seu pai! José tinha um olhar intenso, embebia-se com aquelas palavras. Quando o irmão, sem desconfiar da identidade do seu interlocutor, citou Jacó, o poderoso primeiro-ministro não se conteve.

Dirigiu-se até o homem, ajoelhado em meio à multidão, amparou-o em seus braços e falou:

— Levante-se, meu irmão! Não me reconhece? Sou eu, José... estou vivo. Onde estão os outros? Onde está papai? Quero vê-los, a todos... Podem contar com minha ajuda.

José enviou emissários, que lhe trouxeram o pai. Idoso, Jacó não se continha de alegria em rever o filho caçula. Foi um reencontro de amor. José perdoou seus irmãos invejosos, nada fez contra aqueles que o trataram tão mal; ao contrário, o agora todo-poderoso primeiro-ministro do faraó, José, trouxe sua família inteira para viver com ele e dividiu a fartura de alimentos do Egito com o seu povo.

O GUINÉU DA ORFÃ

Charles Dickens

"O homem faz e o destino desfaz." Esse provérbio revela o quanto de imponderável existe em nosso futuro. Charles Dickens foi um escritor inglês de extrema popularidade em sua época, alcançando a imortalidade com histórias fortemente emotivas; seus personagens buscam a redenção e a autodescoberta. No conto *O Guinéu da Órfã*, menos conhecido em sua obra, mas igualmente empolgante, um homem amargurado com os parentes poderá encontrar amor e compreensão onde menos espera.

Charles John Huffam Dickens (1812-1870) foi o mais popular romancista inglês da era vitoriana, o período de reinado da rainha Vitória, de junho de 1837 a janeiro de 1901, que coincide com o apogeu do Império Britânico. Seus romances *Oliver Twist* e *David Copperfield* alcançaram imensa popularidade, assim como a novela *Conto de Natal*, ícone das narrativas natalinas.

O céu de dezembro estava sombrio, as ruas de Londres cobertas de neve. Ah, fazia quinze anos que não punha os pés na Inglaterra, mas como minha memória guardara os detalhes de tudo!

Recordei-me da infância e da orfandade, dura situação que me fizera depender de um tio idoso, o Sr. de Rutland, que me recebeu em sua casa. Agia por caridade, mas revelava alma avarenta — tanto em dinheiro como em carinhos. Eu vivera na mansão como se fosse um estorvo. Titio desconfiava de minhas habilidades, achava-me incapaz de honrar o nome dos antepassados, e meu primo Jorge claramente me desprezava porque eu era pobre. Sei que fora um alívio para eles quando eu comunicara minha decisão, há quinze anos, de tentar a sorte na América do Sul. Provavelmente, esperavam nunca mais terem o desprazer da minha companhia.

Mas eis que agora voltava. E, da janela daquele hotelzinho em Londres, relia a carta que enviara a Jorge. Titio falecera e meu primo herdara seu título e a propriedade no condado de Kent. Na missiva, comunicava o horário de minha chegada, o quanto sentia "saudades dos parentes" e de como lastimava a inútil caça à fortuna. Concluía pedindo sua ajuda para conseguir trabalho em qualquer atividade, desde que digna de um cavalheiro.

Não recebi resposta, mesmo assim peguei o trem para Kent.

Aproximadamente às sete da noite, ultrapassava o imponente portal de Rutland-Hall. Minha memória em nada me atraiçoara, a casa continuava imponente e os parentes, igualmente arredios com minha presença. Fui recebido por um criado formal ricamente vestido, que me conduziu por corredores luxuosos até um quarto bem pequeno, quase um sótão — os aposentos que me eram destinados. Depois que rapidamente desfiz a mala, descemos as escadas e o homem me deixou em uma sala mal iluminada.

De início, pensei que estava sozinho. Diante da lareira, porém, topei com uma menina de no máximo quinze anos vestida com muita simplicidade. Ela tentava ler ao pé do fogo, tinha a cabeça encostada na poltrona, com os cabelos loiros espalhados pelo sofá. Estava tão entretida que nem reparou em minha chegada, precisei tossir uma ou duas vezes para afastá-la do livro. Disse meu nome e perguntei:

— O Sr. Rutland não está em casa?

— Não, toda a família foi jantar fora.

— Hum... Será que o seu pai recebeu a minha carta?

A garota corou. Tentou se erguer, alcançando um par de muletas que estava ao seu lado.

— Não sou filha do lorde, Sr. Guy. Meu nome é Teresa Ray e sou órfã — disse ela. — Meu pai era amigo e parente afastado do Sr. Rutland. À hora da morte, pediu que ele cuidasse de mim e... aqui estou. Por caridade.

— Então é por isso que você não está jantando com a família. Ah, bom primo Jorge! — não resisti e ironizei. — Pelo visto, continua tão caridoso como sempre.

Que olhar me lançou a menina! Era como se lesse minha alma. E também foi como se, naquele instante, ficássemos irmanados na triste sina dos abandonados pela sorte, aceitando viver de caridade na casa alheia.

Contei para ela um pouco das minhas desventuras americanas e concluí:

— Deve estranhar que tenha vindo bater à porta de Jorge depois de quinze anos de distância... Não acha, Teresa, que meu descaramento é muito grande para voltar depois de todo esse tempo sem uma moeda no bolso? Não acha que só posso esperar pelo desprezo e a indiferença dos parentes?

— Senhor, não posso julgar ninguém... Quanto à moeda, isso eu não posso admitir.

— Como assim?

— Que um homem da sua idade não tenha sequer uma moeda! Até os criados vão rir do senhor. Eu tenho um guinéu que uma vizinha, lady Thornton, me deu no dia de meu aniversário. Se quiser, posso emprestá-la com todo prazer. Não preciso de dinheiro morando aqui e tenho certeza de que o senhor a devolverá assim que fizer fortuna.

A menina tirou a moeda do bolso, estendendo-a para mim. Fazia o oferecimento com tanta seriedade que tive de me esforçar muito para não rir. Certamente, a pequena queria me proteger. Aceitei a moeda.

Com dificuldade, usando as muletas, Teresa pediu licença e se recolheu à parte da casa onde ficavam os aposentos das crianças.

...

No dia seguinte, finalmente os parentes deram o ar da graça. Receberam-me friamente, deixando claro que o faziam pela proximidade do Natal e pela obrigação do sangue.

Jorge se transformara num chefe de família sério. Ele e a esposa eram da mesma classe social, tinham quatro filhos, duas moças bem-educadas e dois garotos turbulentos. As filhas de Jorge inicialmente me aceitaram nos passeios a cavalo, mas bastou que chegassem hóspedes mais requintados para que não mais sobrassem cavalos para mim.

Se a minha posição na casa era claramente inferior, a de Teresa era intolerável! Uma alma menos delicada teria perdido toda a doçura com que o céu a dotara. Os criados não tinham a menor consideração por ela, os meninos Jack e Tommy a ridicularizavam a todo instante e apenas uma criada, Jenny, ainda tentava protegê-la, mas só fazia isso quando percebia que não tomaria o lugar da órfã na tirania daqueles moleques.

Certa vez, ouvi a esposa de Jorge comentar com uma filha:

— Oh, o que faremos com essa moça? Se não fosse coxa, poderíamos obrigá-la a ganhar o pão de cada dia de um jeito ou de outro. Agora, precisando de muletas para andar...

As muletas não impediram que eu e Teresa fizéssemos longos passeios pelo jardim. Sempre aproveitava para lhe contar alguns capítulos da minha falta de sorte em fazer fortuna, e ela sempre era encantadora e crédula! Que conselhos lindos me dava! Agia feito uma mãezinha, protegendo aquele homem azarado, que se desabituara dos costumes da própria terra e nem sequer sabia como ganhar a vida no próprio país.

Um dia, caminhávamos por uma alameda coberta de neve, Teresa arrastando-se como podia... De súbito, a menina atirou longe suas muletas e com que intensidade exclamou:

— Sr. Guy, o senhor deveria deixar Rutland-Hall e procurar trabalho... Oh! Se eu pudesse trabalhar...!

Confesso que senti os olhos umedecerem com aquele exemplo de coragem e determinação. Mas não segui os conselhos de minha protetora e continuei usufruindo da "generosa" hospitalidade de meu primo.

...

Enfim chegaram os ilustres hóspedes natalinos, entre eles um tal *sir* Harry, um solteirão rico que minha "prima" tratou de cobrir de interessados agrados, antevendo um possível pretendente para as filhas adolescentes. O homem, porém, deu de reparar em Teresa. Mais de uma vez eu o vi rondando a menina órfã, soltando elogios e galanterias, mesmo que ela nada fizesse para incentivá-lo.

O caso chegou aos ouvidos da Sra. Rutland, que arrumou alguma bobagem como pretexto e trancou Teresa no quarto, dando-lhe uma fortíssima reprimenda. Horas depois, inventei um pretexto para ir ao quarto das crianças e a flagrei chorando. Disse:

— Teresa, você sabe que tem em mim um amigo sincero.

— Não se preocupe — ela respondeu, limpando os olhos. — Preciso aprender meu lugar, a Sra. Rutland tem razão. Talvez sofresse mais se vivesse em outra parte. Tenho de ser grata.

Ergueu corajosamente o queixo delicado, sem mais soltar qualquer queixa ou recriminação contra a família que a acolhera, mesmo que a tratasse tão mal! Corajosa menina!

Sua resignação, porém, sofreu uma dura prova. Um pouco antes do Natal, Tommy, o mais selvagem dos meninos, aprontou uma brincadeira cruel. Roubou as muletas de Teresa e, por mais que ela implorasse, só as devolveu depois de reduzidas a pedaços. Confesso que contive a custo o desejo de lhe sentar umas palmadas. Ele ria alegremente do desespero de Teresa, impossibilitada de sair do quarto sem suas muletas.

Desconfio que o bárbaro não agiu sozinho e que sua mãe bem que fez o possível para trancar o pássaro que a incomodava numa gaiola segura.

Se o pássaro definhava na gaiola, quem o ajudaria? Meu inesgotável guinéu de empréstimo não poderia consertar o mundo... Mas o acaso fez com que a Sra. Thornton, a vizinha que havia presenteado Teresa com o guinéu, aparecesse numa visita. Vinha convidar todos — pequenos e adultos, parentes pobres ou ricos — para passar a noite de Natal no seu castelo, situado a três milhas de Rutland-Hall.

— Seu oferecimento é gentil, lady Thornton — eu disse. — Mas pelo menos uma convidada terá de faltar à festa.

Contei à boa senhora a patifaria de Tommy e de como, sem muletas, a órfã estava impossibilitada de andar.

— Que pequeno travesso! — exclamou. — É preciso que Teresa tenha outras muletas para o Natal. Mas explique melhor, Sr. Guy... que espécie de interesse tem em Teresa?

— Eu e Teresa somos bons amigos.

— O senhor e Teresa! Isso merece explicação. O senhor sabe a idade de Teresa? Ela não é uma criança, Sr. Guy. Teresa já é uma senhora de dezoito anos.

Isso me divertiu. Teresa, aquela menina/mamãe que me protegia, oferecendo seu guinéu para evitar que os criados rissem de mim, toda séria e compenetrada nos conselhos que me dava... ela, uma senhora? Que ideia da Sra. Thornton!

Minha conversa com a dama, porém, foi produtiva. No dia seguinte, chegou uma grande caixa endereçada à *miss* Ray. A família estava reunida na sala e minha "prima" fez questão de abrir, ela mesma, o pacote. Teve uma surpresa e tanto! A caixa continha um belíssimo par de muletas, entalhado em madeira negra e com enfeites em prata e almofadas de cetim.

Os Rutlands se perguntavam quem saberia sobre as muletas. Não suspeitaram de mim nem de minha cumplicidade com a rica lady. As desconfianças caíram em *sir* Harry. Jorge escondeu a caixa e proibiu que mencionássemos o presente.

Véspera de Natal! Cansado de ver tantos preparativos, tratei de ocupar meu tempo e fui à cidade cuidar de uns negócios. Antes de regressar a Rutland-Hall, entrei na melhor loja de roupas femininas da região e pedi que me trouxessem certa encomenda. O vendedor abriu a caixa e... ah! Que lindo vestido surgiu! Não saberia explicar em termos técnicos, mas posso afirmar que era um primor de elegância e luxo.

— A saia está um pouco mais larga, assim como o senhor pediu — disse o caixeiro.

Voltei tarde ao castelo e vi diversas carruagens partindo para a festa. Segui direto aos aposentos das crianças e encontrei Teresa só com Jenny, a testa apoiada na mão, melancolicamente olhando pela janela... Quando me viu, seu rosto se iluminou.

— Sr. Guy! Pensei que tivesse ido com os outros.

— Ainda não, menina, mas irei logo. E quero que venha comigo.

— Eu? — exclamou tristemente. — Bem sabe que não posso... mesmo que tivesse muletas, não tenho o que vestir.

— Um amigo lhe mandou um vestido, e eu sei que há muletas novas. Jenny, ajude-a a se vestir. Uma carruagem nos espera.

O rosto de Teresa ficou ruborizado e lágrimas dançaram em seus olhos quando Jenny abriu a caixa e exibiu aquele vestido esplêndido.

Fui me aprontar e, quando voltei com as muletas novas, quem ficou comovido fui eu. Claro que imaginava que a órfã ficaria bem no vestido, mas não poderia imaginar tal grau de metamorfose. Da antiga Teresa, ela conservava a linda cabecinha e os cabelos claros. Quanto ao resto... lady Thornton dissera a verdade, ela já era uma senhora.

Jenny, que até aquele momento a tratava como uma criança, era a mais assombrada de nós três. Quando passei a muleta enfeitada para Teresa, Jenny me olhou como se eu fosse um personagem saído das *Mil e Uma Noites*, dos que carregam amuletos que atendem desejos!

Confesso que naquele instante me lembrei de certo guinéu, escondido no fundo da mala em meu quarto, que não deixava de ser uma espécie de talismã do que estava acontecendo.

Não descreverei em detalhes o que se passou naquela noite memorável, mas foi palpável o constrangimento e raiva dos meus parentes ricaços. Teresa estava deslumbrante, esbanjando beleza e felicidade. Em certo momento, lady Thornton se aproximou de mim e sussurrou, maliciosa:

— Juro que estou ansiosa em ver o desenlace disso tudo, Sr. Guy.

Eu sorri e murmurei que ela logo saberia.

Os Rutland, assim que a educação permitiu, retiraram-se da festa. Quando eu e Teresa retornamos à propriedade, ela foi enviada ao quarto e Jorge se trancou comigo na biblioteca. Disse friamente:

— Primo, não entendo qual a sua intenção em afrontar desse modo a família que o acolheu, mas saiba que sua intervenção foi insolente e vergonhosa. Peço que parta amanhã mesmo de minha casa.

— Não há problema — respondi. — Minha condição é que Teresa venha comigo.

— Sabe que ela é uma órfã sem um tostão, que a recolhi por caridade?

— Sim, sei. E quero fazer dela minha mulher, se Teresa me der a honra de aceitar.

Os olhos de Jorge faiscavam de ironia e maldade:

— Espera viver do que, senhor? Do ar, ou à custa da família?

— Tenha certeza, querido primo, de que não será às suas custas — respondi, soltando um olhar que nada tinha de humilde. — Adeus, Jorge Rutland.

...

No outro dia muito cedo, mandei um recado à Teresa, avisando que a esperava no jardim. Era dia de Natal, um dia de paz e amor e... bem, não posso dizer que a paz reinava em meu coração quando olhei para a paisagem coberta de neve. Sei também que evitava odiar quem quer que fosse. Tinha apostado com o destino ao procurar os parentes depois de tanto tempo. Minha procura se revelava bem mais gratificante do que poderia sonhar.

Teresa apareceu e tivemos uma longa conversa, em que a menina ficou calada a maior parte do tempo. Afinal, concluí meu pedido:

— Teresa, você não tem medo de aceitar um pobretão como marido? Não tem medo de que acabe na mais negra miséria?

— Não temo, senhor. Ao seu lado, não tenho esse medo.

Estendi meus braços para aquela jovem corajosa e disse:

— Não leve nada daqui, Teresa. Ainda tenho uns trocados daquele guinéu... dará para o seu enxoval.

Naquele mesmo dia, estávamos casados, para espanto de meus parentes. O povo de Rutland-Hall devia tomar-me por louco e ela, por uma atrevida. Que pensassem assim por um tempo.

Tenho certeza de que Jorge teve outros motivos de espanto na semana seguinte, quando foi procurado por meu banqueiro de Londres com ordens de acertar as "generosas" despesas na hospedagem da minha esposa. Tenho certeza também de que esse banqueiro em muito deve ter aumentado o espanto daqueles parentes mesquinhos ao revelar que Teresa Ray, agora a Sra. Guy Rutland, era certamente uma das mulheres mais ricas da Europa com o casamento.

Creio que rapidamente mudaram de opinião a meu respeito!

Assim termino esta história do reencontro com os parentes. Planejava tripudiar sobre os Rutland e afrontá-los com minha riqueza; na verdade, fui eu quem descobriu o valor da humildade e da paciência. Deveria agradecer-lhes por descobrir o amor.

Eu e Teresa viajamos em lua de mel por todo o continente, aproveitando, além dos passeios, o contato com os melhores centros médicos da Europa. Na semana passada, tivemos a grata descoberta de que a deficiência de Teresa não é incurável, e, com exercícios apropriados e medicação, mal se notará o leve coxear daqui a algum tempo. Espero que ao cabo desse tratamento possamos convidar a amável lady Thornton para nossa mansão em Londres e lhe exibir aquele incrível guinéu que propiciou desenlace tão feliz.

Essa moeda será guardada para sempre como uma relíquia de família, símbolo de nossa união e felicidade.

MEU TIO JULES

Guy de Maupassant

O ressentimento é o avesso do perdão. As relações familiares deveriam ser de solidariedade e acolhimento, mas nem sempre isso acontece. Em *Meu Tio Jules*, conto de Guy de Maupassant, o narrador revela um fato de sua infância que muito o impressionou pela mesquinharia e intolerância. Uma bela história, que nos faz refletir e questionar.

Henri René Albert Guy de Maupassant ou **Guy de Maupassant** (1850-1893) foi escritor e poeta francês do Realismo, amigo de Flaubert, a quem se referia como "mestre". Autor de mais de trezentos contos, a maioria retratos cáusticos da sociedade burguesa da França.

Um velho mendigo de barba branca nos pediu esmola. Meu amigo Davranche lhe deu cem *souls*. Fiquei surpreso. Ele me explicou:

— Esse coitado me lembrou de uma história que me persegue a vida toda e que, se você quiser ouvir, eu lhe contarei. Ouça-a...

Minha família é originária do Havre e não era rica. Meu pai tinha um pequeno comércio e trabalhava de manhã à noite, ganhava pouco. Eu tinha duas irmãs. Minha mãe sofria muito com o aperto em que vivíamos e sempre tinha uma língua muito cruel para com papai. O pobre homem não respondia, encolhia-se diante das broncas. Esse jeito submisso dele sempre me magoou profundamente.

Economizávamos em tudo: nunca aceitávamos um jantar para não ter de retribuir; aproveitávamos os restos de comida para o dia seguinte; minhas irmãs costuravam as próprias roupas, faziam cenas pavorosas por causa de botões perdidos ou calças rasgadas.

Aos domingos, porém, íamos passear pelo cais, vestindo nossas melhores roupas. Meu pai usava casaca, minhas irmãs seguiam na frente, sorridentes, porque estavam em idade de se casar e assim tentavam atrair algum pretendente. Nunca me esquecerei do modo solene com que meus pais se comportavam nesses passeios de domingo. Era um ritual. Seguíamos até o porto e, diante dos enormes navios que vinham de terras distantes, papai repetia as mesmas palavras:

— Hein? E se Jules estiver dentro de um desses, que surpresa!

Meu tio Jules, irmão de papai, representava nossa última esperança. Desde bebê, eu ouvia falar do tio Jules. Ele havia usado sua parte na herança em maus negócios e perdera uma parte do dinheiro que deveria ser de papai. Naquela época, para que a família não se envergonhasse mais ainda, era costume enviar a ovelha negra para a América. Foi o que fizeram; tio Jules embarcara num navio que ia de Havre para Nova Iorque.

Lá chegando, titio começou a negociar com não sei o que e logo enviou uma carta dizendo que estava juntando dinheiro e que em breve esperava recompensar a família. Claro que a notícia era ótima, a carta foi mostrada pela cidade inteira... Em outra ocasião, um capitão disse a papai que tio Jules havia alugado uma loja ampla e estava enriquecendo.

Uma segunda carta chegou, dois anos depois da primeira. Dessa vez, tio Jules dizia que estava de viagem para a América do Sul atrás de um ótimo negócio e provavelmente ficaria alguns anos sem enviar notícias. Afirmava que voltaria rico.

Com efeito, durante dez anos não se teve notícia de tio Jules. Por isso, nos passeios dominicais, papai sempre vinha com aquela alegre possibilidade. Era como se tio Jules pudesse aparecer no convés e, acenando um lenço, trazer-nos o mais rico dos futuros. Por aquela época, minha irmã mais nova estava com vinte anos e a outra, vinte e seis. Não se casaram e esse era outro motivo de desgosto para meus pais.

Afinal, apareceu um pretendente para a mais nova. Era um empregado de banco, sujeito trabalhador, embora não fosse rico. Tenho a certeza de que a carta do tio Jules, exibida certa noite, apressou-o a firmar compromisso. A família combinou que, após o casamento, todos iríamos fazer uma pequena viagem até Jersey.

Jersey é uma ilha próxima a Havres, mas pertence à Inglaterra. Claro, a excursão ideal para os pobres, porque dava a pretensão de que se visitou terra estrangeira. Todos concentramos os maiores esforços para que a viagem fosse inesquecível... como ela acabou sendo.

Embarcamos num vapor. Lembro-me de como o mar estava liso, igual a uma mesa de mármore verde. Víamos a costa distanciando-se, estávamos tão orgulhosos com a nossa viagem! Meu pai especialmente. Sua casaca brilhava, e o cheiro de benzina, que sempre era usada para tirar as manchas, ficou marcado na minha lembrança. Isso não parecia incomodá-lo. Acho até que se sentia um lorde! Reparou que ali no convés dois ingleses ofereciam ostras para duas senhoras elegantes. Um marinheiro sujo e maltrapilho abria as conchas e as entregava aos cavaleiros, que as apresentavam às senhoras. Papai deve ter achado aquilo tudo de muito bom gosto e consultou mamãe se deviam também comer ostras.

Mamãe temia pela despesa. Afinal, fez algumas reservas:

— Tenho medo de que me embrulhem o estômago. Ofereça algumas às meninas. Não muitas, pois podem lhes fazer mal. Ah, quanto a Joseph, não há necessidade. Os meninos não devem ser tão mimados.

Eu permaneci ao lado de mamãe, achando que aquilo era injusto. Enquanto isso, papai foi até o marinheiro junto com minhas irmãs, pediu as ostras, tentou mostrar como deveriam comê-las e acabou derrubando a água da concha sobre seu casaco.

— Desastrado! — reclamou mamãe.

Mas eu percebia que outra coisa o perturbava. Papai deixou minhas irmãs e o genro comendo as ostras, aproximou-se de nós e murmurou:

— Estranho... é extraordinário como aquele marinheiro que abre as ostras se parece com Jules. Se não soubesse que ele anda pela América do Sul, diria que é ele.

— Você está louco — disse mamãe. — Essa ostra já está lhe fazendo mal.

— Não, querida. Vá você mesma lá perto e olhe...

Mamãe disfarçou um pouco e se aproximou do marujo. Voltou ao nosso encontro, indignada. Ordenou a papai:

— Vá pedir informações ao capitão. Creio que é ele mesmo. Seja discreto, só falta agora esse patife cair nos nossos braços!

Acompanhei meu pai à sala de máquinas. Papai e o capitão conversaram umas amenidades e, afinal, ele quis saber sobre o marinheiro, que lhe parecia familiar. Então ouvimos:

— É um velho vagabundo francês que encontrei na América no ano passado e a quem repatriei — disse o capitão. — Ao que parece, tem parentes no Havre, mas não quer voltar para junto deles, pois lhes deve dinheiro. Chama-se Jules... Parece que chegou a fazer fortuna na América, mas o senhor bem vê a que ficou reduzido.

Meu pai ficou pálido, suas mãos tremiam... Voltamos até onde estava mamãe e lhe demos a má notícia.

— Que faremos, que faremos? — dizia papai, transtornado.

Mamãe respondeu rapidamente:

— É preciso afastar as meninas. Já que está a par de tudo, Joseph, vá chamá-las. É preciso tomar cuidado para que nosso genro nada perceba.

— Que catástrofe! — Meu pai parecia desesperado.

— Bem que eu desconfiava de que aquele gatuno não ia fazer coisa que prestasse! — Mamãe estava furiosa. — Como se fosse possível esperar algo de bom de um Davranche!

Meu pai passou a mão pela testa, como fazia quando ouvia as terríveis broncas de mamãe. Ela abriu a bolsa e tirou de lá uma moeda de cem *souls*. Enfiou a moeda em minha mão, dizendo:

— Vá lá pagar as ostras, Joseph. Só falta agora esse mendigo nos reconhecer! Que belo espetáculo no navio! Vamos para o outro lado para que esse homem não se aproxime de nós!

Fiz o que ela mandava. Disse às minhas irmãs que mamãe as chamava e, voltando-me para o marinheiro, perguntei quanto lhe devíamos. Tive vontade de acrescentar à frase "meu tio", mas não o fiz. Ele respondeu:

— Dois francos e cinquenta.

Estendi-lhe a moeda e peguei o troco.

Olhei bem para aquela pobre mão de marinheiro, toda enrugada, e olhei fixamente o seu rosto, um rosto envelhecido, gasto, triste, enquanto dizia comigo mesmo: *é meu tio, irmão do papai, meu tio!*

Dei-lhe dez *souls* de gorjeta. Agradeceu-me:

— Que Deus o abençoe, meu rapazinho!

Havia na sua voz a entonação do pobre que recebe esmola. Imaginei se na América não teria mendigado.

Quando entreguei o troco à mamãe, ela ficou indignada:

— Ele cobrou três francos? Não é possível!

— Dei-lhe dez *souls* de gorjeta.

— Você está louco?! Dar dez *souls* para aquele homem, para aquele mendigo!

A viagem chegava ao fim, a ilha de Jersey estava próxima. Antes de descer do navio, tive o impulso de ver uma última vez o meu tio, mas o marinheiro havia desaparecido. Sem dúvida, o desgraçado descera ao fundo do porão onde morava.

Na volta, meus pais pegaram outro navio para não correrem o risco de encontrarmos tio Jules.

Nunca mais vi o irmão de meu pai!

Aí está porque, às vezes, você me verá dando cem *souls* aos velhos vagabundos.

UMA PALAVRA SÓ

lenda árabe

Na minha opinião, deve-se trabalhar por três motivos: dinheiro, prazer ou prestígio. Claro que o ideal seria ganhar muito bem fazendo o que se ama em empresa de reconhecimento internacional. Como essa é uma meta de difícil alcance, sugiro que haja gratidão pelo que se conseguiu, que se use o tempo do melhor modo possível, esforçando-se em dar o melhor de si em todas as ocasiões. Certamente, o personagem de uma lenda árabe, Samu-de-uma-palavra-só, aprovaria esses conselhos. Pai desesperado em constatar o desprezo do filho pelo valor do dinheiro, toma atitude extremada para salvá-lo da ruína moral e física.

Na próspera cidade de Charminar, vivia Samu, um mercador tão sério e honrado que ganhara o apelido popular de Samu-de-uma-palavra-só. Era viúvo e tinha um único filho, Derab. Ah, como são estranhos os desígnios de Alá! Impressionante como dois homens podiam ser tão diferentes! Enquanto o velho era respeitado por sua honestidade, apego ao trabalho e senso de justiça, o rapaz era um vadio rebelde que esbanjava a fortuna do pai, sempre cercado dos piores amigos.

— O filho de Samu ainda acaba mal — comentava um dos homens sensatos da cidade.

— Seu destino será a prisão ou a forca — dizia outro.

—Vejam só — completava um terceiro —, tem vinte anos e se comporta como um moleque arruaceiro.

O pai muito se envergonhava do filho e muito se preocupava com seu futuro. Tantas vezes tentou colocar juízo em sua cabeça-dura! Mas sempre em vão. Até que teve uma ideia.

...

Derab estava no cassino quando recebeu o aviso urgente de ir à casa do pai. Obedeceu e, mal entrou no salão, assustou-se com a aparência do velho, pálido e friorento, sob mantas que mal o aqueciam.

— Derab, eu o chamei porque preciso lhe falar pela última vez sobre as coisas sérias da vida. Estou doente, muito doente. Não lamento meu destino, pois sempre me dediquei ao trabalho e à virtude. O que lamento junto a Alá é o quanto falhei na sua criação, meu filho. Nunca quis estudar, detesta o trabalho. Sabe o que vejo quando olho para você? — Samu contemplou longamente o rapaz, que continuava imóvel à sua frente. Alto e robusto, bem-vestido, com belas feições. Mas qual era o estado da sua alma? — Vejo um vadio e um baderneiro, arruinado ainda mais por amigos infiéis e perversos. Infelizmente, é meu único herdeiro. Estou às portas da morte. Bem sabe que sou dono de um patrimônio imenso, fruto de quarenta anos de trabalho honrado. Todos os meus bens serão seus. Isso é justo? Tenho certeza de que tudo será despendido em vergonha e desonra. O que devo fazer?

O rapaz ouvia as perguntas do pai em silêncio. Sabia que aquilo não tinha resposta; Samu pensava em voz alta, divagava. Afinal, o velho ajeitou o cobertor sobre os pés e confirmou sua decisão:

— Derab, resolvi deserdá-lo. Não é justo que tanto dinheiro ganho com trabalho honesto caia em mãos viciadas. Assim que eu fechar os olhos, você não contará sequer com uma moeda de cobre para comprar um pão. Será despejado da casa onde mora, que é minha. Terá de mendigar pelas ruas se quiser sobreviver. Ou... — O velho tossiu e suspirou fundo. — Ou lhe dou a última oportunidade de demonstrar força de caráter. Ouça bem, Derab. É uma oportunidade única, ditada por um coração de pai! Está me entendendo?

— Pai! Prometo fazer qualquer coisa para...

O velho ergueu a mão, impedindo qualquer mentira. Explicou as condições:

— Dentro de três dias, deve retornar à minha presença com uma moeda de prata. Apenas uma moeda, mas que seja fruto de seu trabalho. Se fizer isso, eu o nomearei meu herdeiro e ficará rico. Caso contrário, será deserdado, e que Alá tenha piedade da sua alma. Pode ir!

...

Derab saiu da casa paterna profundamente abalado. O velho falava sério. *Não é à toa que o povo o chama de Samu-de-uma-palavra-só*, pensou. *O que ele diz, ele faz*. Seguiu direto para o cassino, onde encontrou meia dúzia dos seus amigos.

— O que queria o seu pai? — perguntou um dos malandros.

Por que Derab mentiria? Sempre dividiu tudo com aqueles alegres camaradas! Contou então da ameaça do enfermo. Um dos seus colegas, Takti, caiu na gargalhada:

— Ora, e você se preocupa com uma bobagem dessas? — Tirou uma moeda do bolso e a atirou para o amigo. — Pronto! Aqui está sua herança! Vá amanhã à casa de seu pai e diga que ganhou a moeda trabalhando. Agora, não se esqueça de quem lhe emprestou o dinheiro, hein? Vai me pagar essa moeda dez vezes o seu valor!

Derab aceitou o empréstimo e a condição e alegremente entrou no jogo de cartas.

No dia seguinte, na hora combinada, voltou à casa de Samu. Encontrou o pai diante da lareira.

— Aqui está, meu pai, uma moeda de prata. Ganhei-a hoje com o meu trabalho! — Deu-lhe o dinheiro.

O comerciante segurou a moeda. Olhou desconfiado para o filho, pesou o metal entre os dedos... De repente, jogou a moeda na lareira.

— Meu filho, você não ganhou essa moeda com o seu trabalho!

Foi um gesto tão repentino e as palavras do velho vieram com tamanha sinceridade que Derab não teve como reclamar. Saiu da casa de cabeça baixa, humilhado.

...

Sua humilhação não foi tão absoluta a ponto de impedi-lo de procurar pelos amigos. Encontrou-os numa cantina. Takti se aproximou, alegre:

— Então? Minha moeda resolveu o seu problema?

— Qual o quê! Acabou no fogo.

Contou tudo, principalmente da desconfiança do velho. Outro amigo, Radaf, ouviu e deu sua opinião:

— Que ingenuidade chegar assim, fresquinho e ajeitado, na casa do seu pai! Claro que Samu-de-uma-palavra-só desconfiou, não é tolo. Aqui está uma moeda de prata, Derab. Mas antes de levar a moeda ao seu velho, corra um pouco pela estrada, suje a roupa na poeira, entre na sala respirando fundo, como se estivesse bastante cansado. Só depois entregue a moeda e diga que ela foi fruto do seu trabalho. Quando receber a herança, não esqueça que me deve dez vezes o valor do empréstimo!

Derab passou o dia seguinte dormindo, esticando sua preguiça o mais que pôde. Uma hora antes do prazo, tratou de correr pelas ruas de Charminar e sujar suas vestes, como sugerido pelo colega. Entrou na casa e encontrou o pai no mesmo cômodo da véspera sentado num sofá, diante da lareira acesa.

— A-aqui está... — Derab segurava a moeda na ponta dos dedos, arquejando fortemente, demonstrando cansaço. — O paga-mento de meu dia de-de trabalho.

O velho Samu pegou a moeda com todo cuidado, examinou-a. Apertou-a fortemente entre as palmas das mãos. E sorriu.

— Meu filho! Tenho certeza absoluta de que esta moeda... — Derab prendeu a respiração, ansioso. — Não foi ganha com o seu trabalho! — E atirou-a ao fogo.

Derab imediatamente se afastou. Parecia impossível enganar o pai. Na rua, caminhava devagar, preocupado. A proximidade do inverno afastava os transeuntes. Derab se arrepiou de frio, ou de medo? Pela primeira vez na vida, temia o futuro.

De súbito, ouviu um cumprimento:

— Olá, Derab. Para onde vai?

Era um antigo professor, o Sr. Samir. Um dos poucos homens honrados de Charminar que ainda revelava alguma simpatia para com ele. Resolveu abrir seu coração com o antigo mestre. Falou da doença do pai, da ameaça de ser deserdado, de como os amigos lhe emprestaram um dinheiro que em nada o ajudara.

— Ai de mim! Agora tenho apenas um dia para ganhar uma moeda de prata. É impossível. Estou perdido, condenado à miséria!

— Ora, o que é isso?! — protestou o professor, otimista. — Creio que é o contrário, está agora no caminho da salvação. Cometeu um erro gravíssimo mentindo para o seu pai. Mas foi mal aconselhado por péssimos amigos. Tem ainda um dia inteiro para recuperar o tempo perdido. Vá para casa, durma bem, descanse. Certamente, Alá será misericordioso e amanhã você conseguirá a sua primeira moeda, ganha com trabalho honesto!

No dia seguinte, Derab acordou bem cedo e saiu da cidade. Preferia não encontrar gente conhecida, como se tivesse vergonha de ser flagrado trabalhando! Portanto, dirigiu-se aos campos.

Logo encontrou um grupo de homens robustos que se preparava para a colheita de juta. Procurou pelo capataz e foi aceito. Entrou no terreno pantanoso, em alguns lugares a água ultrapassava sua cintura! Por duas horas, empenhou-se na tarefa.

Ao final desse tempo, o chefe se aproximou de cara amarrada:

— Como você é lerdo! Arrumei um homem mais esperto. Aqui está sua paga, vá embora.

Derab recebeu quarenta centavos pelas duas horas de árduo trabalho. Ainda lhe faltava muito para completar o valor total da moeda de prata, mas já era um começo.

Foi até a olaria e se ofereceu como ajudante para mover a roda enquanto o oleiro preparava o barro para fazer tijolos. Por uma hora ele se esforçou, mas era uma tarefa monótona. Começou a bocejar e a se distrair, até que ouviu:

— Pare! — disse o oleiro. — O que está fazendo? Ainda vai dormir sobre a roda. Fora, não o quero aqui.

— Preciso do trabalho, senhor. Até o final da tarde, tenho de conseguir uma moeda de prata.

— E eu preciso fabricar cem tijolos por dia se quiser ganhar o meu sustento! Desculpe, mas você tem pouca habilidade como operário. Por que não tenta o comércio? Talvez você se dê melhor nessa área.

Pagou dez centavos para o “ajudante”, que mais o atrapalhou que outra coisa, e o dispensou. Derab, porém, estava feliz. *Meia moeda de prata!*, animou-se. *São apenas dez horas da manhã e já tenho a metade do dinheiro que preciso. Desse jeito, será fácil contentar o meu pai.*

...

Seguindo o conselho do oleiro, Derab foi para o mercado de uma vila próxima. No caminho, encontrou um conhecido, que lhe perguntou:

— Não é o filho do honrado Samu-de-uma-palavra-só?

— Sim, sou eu.

— Não quer ficar com estas ervas aromáticas, rapaz? Vendo o saco inteiro por meia moeda de prata. Preciso voltar para casa, meu filho está doente. Se tivesse tempo, venderia o artigo no mercado por um ótimo preço. O que acha?

Derab nunca havia negociado antes, muito menos com ervas aromáticas. Mas confiou no homem e lhe passou o dinheiro conseguido com o esforço daquela manhã. Dirigiu-se ao mercado, abriu o pano no chão, expôs as mercadorias e começou a imitar os outros vendedores:

— Comprem! Ervas finas! As melhores do Oriente! Preço excelente!

Muitos homens pararam para conferir o produto, mas era gente pobre. Se lhes faltava na casa o trigo para o pão e o óleo para a lamparina, como despender em perfume o dinheiro tão escasso?

Os esforços de Derab, porém, não passaram em branco entre os comerciantes. Um mercador ainda comentou com outro:

— Esse não é o filho de Samu-de-uma-palavra-só? Sempre me pareceu um vadio inútil. É bom vê-lo trabalhar no mercado. O velho deve estar orgulhoso dele.

Se Derab era visto com olhos de aprovação, havia também quem visse nele uma presa fácil. Uma rica senhora se aproximou da banca e observou o produto:

— Quanto quer pelas ervas?

Derab abriu seu sorriso mais sedutor.

— Linda dama, em outro dia eu lhe daria tudo apenas para ver seus olhos brilharem. Hoje, infelizmente, preciso vender. Faço um preço ótimo: todo o molho de ervas por uma moeda de prata!

A dama caiu na gargalhada:

— Por Alá, você delira! Uma moeda de prata por esse montinho de ervas? O máximo que ofereço são sessenta centavos.

Apreensivo, Derab refletiu se fizera mesmo bom negócio. Se aquele saco, que comprara na estrada por cinquenta centavos, valia tão pouco, não era bom desfazer-se dele com um lucro de dez centavos? Aceitou.

Mal a senhora se afastou, satisfeita, Derab foi abordado por um vendedor de tecidos:

— Senhor, desculpe dizer, mas fez um péssimo negócio. Essa madame viu que é um novato e lhe passou a perna. Suas ervas valiam cinco vezes o que ela pagou! Além disso, este não é o ponto certo de venda, os comerciantes de perfumes ficam no fim da outra rua.

— Era do que eu precisava! — Derab gemeu, angustiado. — E agora?

— Agora, senhor comerciante, aceite sua lição. Na próxima vez, aprenda que nunca se negocia com o que não se conhece. Nem no lugar errado, nem com a pessoa errada.

Parecia um bom conselho, mas não trazia dinheiro. A tarde já ia ao meio e lhe faltavam ainda quarenta centavos para completar o valor necessário. Derab se despediu do vendedor de tecidos e saiu da vila.

Pegou de novo a estrada, dessa vez na direção de Charminar. Encontrou um velho de barba branca, que segurava um papel nas mãos e lhe perguntou se sabia ler:

— Recebi esta carta de meu filho, mas sou analfabeto! Pago dez centavos se me ajudar.

Derab concordou, agradecendo mentalmente ao velho professor Samir, que lhe ensinara as primeiras letras. Era uma carta otimista e as boas-novas alegraram o velho. Além dos dez centavos, deu um pão e um queijo para Derab, que matou sua fome.

Prosseguiu o caminho, contando e recontando suas moedas. Mais adiante, encontrou um condutor de burros berrando contra o animal, que empacara no meio do caminho. O rapaz reparou que alguma coisa atrapalhava a andadura. Ágil, agachou-se e tirou um pedregulho do casco.

— Era isso que impedia o burrico de andar — explicou.

Como gorjeta pela ajuda, o condutor lhe passou uma moedinha de cinco centavos. Derab agradeceu como se fosse uma moeda de ouro! Fizera o favor sem esperar recompensa!

E agora?, pensou. *Para onde vou? É melhor retornar à cidade, falta pouco para anoitecer. Como conseguir o dinheiro em tão pouco tempo?*

A resposta ao seu apelo surgiu na curva seguinte da estrada. Havia uma fila imensa de peregrinos, eles precisavam atravessar o rio. O barqueiro tinha poucos remadores, por isso a demora.

Derab procurou pelo barqueiro, que o aceitou como ajudante, mas declarou:

— Pago cinco centavos por cada viagem, nada mais que isso! De ida e volta!

Apenas cinco centavos?, desesperou-se o rapaz. *São cinco viagens para completar a moeda de prata!* Olhou para o céu, conferiu a altura do sol. *Eu consigo!*

Aceitou o emprego.

Remou que remou, o suor escorria de sua testa, a sede martirizava sua garganta, a madeira do remo cobria de calos as suas mãos... Porém, minuto a minuto, esforço a esforço, Derab completou as cinco viagens e fez jus aos vinte e cinco centavos que lhe faltavam. Recebeu o dinheiro e correu para a cidade.

...

— Meu pai! Aqui estou! Trouxe uma moeda de prata inteirinha, que ganhei hoje com o meu trabalho. Aqui está!

Depositou o punhado de moedinhas nas mãos do ancião e esperou, ansioso, pelo veredicto do pai. Samu fez como das outras vezes. Pegou o dinheiro, manteve os olhos fixos no crepitar do fogo, como se das chamas lhe viessem respostas. Olhou para o filho, para a lareira... Afinal, num impulso, atirou as moedinhas ao fogo.

— Você não ganhou esse dinheiro com o seu trabalho!

— Meu pai! — gritou o rapaz.

— Ah! — Sorriu o velho, feliz. — Então agora é verdade! Das outras vezes, você não protestou. Agora não. O dinheiro ganho com esforço não deve ser jogado, como palha, no fogo.

Pediu que o rapaz contasse tudo. Ouviu, atento, as aventuras — ou desventuras — de Derab em seu dia de trabalho. Depois, concluiu:

— Você aprendeu que trabalhar é servir, servir é trabalhar. Quis Alá que tivesse seu quinhão de trabalho em todas as atividades humanas. Primeiro, na agricultura, plantando juta. Depois, foi para a indústria, como operário-oleiro. Com as ervas aromáticas entrou para o comércio; é verdade, levou prejuízo, mas aprendeu uma valiosa lição! Então foi professor ao ler a carta para o velho. Não deixou de ser veterinário ao ajudar o burrico machucado. Afinal, com a travessia dos peregrinos, completou a moeda de prata nos transportes. — Samu respirou fundo e disse: — Filho! Hoje meu coração de velho está feliz. Você ganhou sua primeira moeda com trabalho honesto. E tenho apenas uma palavra para isso: bem-vindo! Minha casa é sua casa, minha herança é sua. E que Alá permita que essa fortuna traga fartura a muitas gerações depois de mim e de você.

JEANNOT E COLIN

Voltaire

Os iluministas franceses do século XVIII, como é o caso de Voltaire, valorizavam a sinceridade dos sentimentos. A história a seguir critica os valores da época: a corrupção, o descaso com o trabalho, a leviandade do ensino. Também dignifica o valor da amizade desinteressada, que supera qualquer adversidade.

François-Marie Arouet, mais conhecido pelo pseudônimo **Voltaire** (1694-1778), foi filósofo, ensaísta e escritor do Iluminismo francês, movimento político que influenciou os ideais da Independência Americana e da Revolução Francesa. Voltaire escreveu mais de dois mil livros e panfletos, defendendo a liberdade religiosa, os direitos civis, a educação científica e a emancipação dos povos.

Jeannot e Colin eram grandes amigos. Moravam em Auvergne, na França, e estudavam num colégio interno na mesma região. O pai de Jeannot negociava com mulas e cavalos, fazia bom dinheiro em alguns negócios. O pai de Colin era um humilde agricultor.

A diferença de posses de suas famílias, contudo, não impedia que os meninos fossem grandes companheiros. Jeannot e Colin eram sempre vistos juntos, nos estudos ou brincadeiras.

Quando o curso do colégio interno estava para terminar, porém, aconteceram coisas que abalaram aquela forte amizade. O pai de Jeannot conseguiu um título de marquês e imediatamente enviou ao colégio um alfaiate, que confeccionou para o *petit* marquês uma belíssima roupa de veludo. Ora, o título mais a roupa viraram a cabeça de Jeannot, que começou a andar pela escola com ar de superioridade e a desprezar a todos, inclusive o ex-amigo íntimo Colin.

Depois de alguns dias, chegou uma carruagem; o marquês queria que o menino completasse os estudos em Paris. Jeannot subiu no carro, estendendo a mão a Colin com um sorriso protetor. Colin sentiu seu próprio nada e chorou. Jeannot partiu em toda sua glória!

Com a mesma glória e vaidade que o pai, agora Sr. de La Jeannotière vivia em Paris. Como um vendedor de mulas chegara à nobreza? Ah, mas isso era fácil naqueles tempos! Tanto o senhor como a senhora marquesa eram muito bonitos, bem falantes e agradáveis. Um corrupto construtor de hospitais militares se agradou deles e conseguiu que o Sr. de La Jeannotière fornecesse com exclusividade as mulas necessárias para as construções. Junto com o contrato, veio boa quantidade de dinheiro. Um título era muito fácil de ser comprado naqueles tempos — claro que só naqueles tempos, hoje se sabe que a corrupção e as compras de títulos nunca mais aconteceram na face da Terra, em país algum do mundo!

Os marqueses moravam em um casarão em Paris. Receberam Jeannot com carinho e planejaram seu futuro, que dispensava os velhos contatos. A ideia era fazer o menino estudar em casa com um preceptor, o que era muito chique.

Convidaram o futuro preceptor do filho para jantar. Queriam certificar-se de que o filho aprenderia as lições corretas para desempenhar seu brilhante papel na sociedade. O preceptor era um nobre falido, que na verdade nada sabia, sobrevivia empregando-se nas casas de novos ricos que pretendiam brilhar na sociedade. A primeira questão que os marqueses colocaram para o mestre foi a respeito do latim. Jeannot deveria ou não aprender latim?

— Ora, senhores marqueses! — foi a resposta indignada do mestre. — Que bobagem aprender latim! Não sei uma palavra desse idioma e me dou muito bem sem ele! Hoje se sabe que fala melhor a própria língua quem não perdeu seu tempo aprendendo outras. Veja nossas damas: têm um espírito mais agradável que os homens, suas cartas são mais espirituosas... Acreditem, isso acontece porque jamais tiveram os cérebros entupidos com o inútil conhecimento de latim.

Satisfeitos com as palavras do preceptor, os marqueses concordaram em que Jeannot não aprenderia latim.

— O que aprenderá ele então? — perguntou o marquês. — É preciso que saiba alguma coisa. Que tal ensinar-lhe um pouco de Geografia?

— Inútil! — afirmou o preceptor. — Quando seu filho, o jovem marquês, for visitar suas terras, basta seguir as placas das estradas.

— Tem razão — confirmou o pai. — Mas ouvi falar de uma bela ciência, que se chama, creio eu, Astronomia.

Entre bufos e arroubos, o preceptor destruiu a proposta de estudar Astronomia, Matemática, Geometria, História...

— Mas o que se deve, então, ensinar a meu filho? — perguntou o pai.

— A ser amável — foi o conselho do preceptor. — Se ele conhecer os meios de agradar, saberá tudo: é uma arte que aprenderá com a senhora sua mãe, tão bela e elegante.

Madame, a essas palavras, beijou o ignorante e lhe disse:

— Bem se vê que o senhor é o homem mais sábio do mundo! Meu filho lhe ficará devendo toda a sua educação.

Afinal, depois de examinadas as vantagens e desvantagens das possíveis áreas de conhecimento, ficou resolvido que o jovem marquês aprenderia a dançar.

A natureza se revelou generosa com esses talentos do jovem Jeannot. Ele mostrou habilidade especial não só para a dança como para o canto: sua voz era afinada, e ele conhecia todas as canções ligeiras do seu tempo. Também tentava compor alguma coisa; mas, como sempre havia em seus versos algumas sílabas a mais ou a menos, logo o rapaz estava comprando, por vinte moedas, a produção alheia.

Entre tanta dança e melodia, os meses e anos passaram. O menino se tornou um dos jovens mais requisitados para os grandes salões parisienses, convivendo com a alta nobreza.

Para abrilhantar ainda mais sua presença, a marquesa não poupava despesas com suas roupas, joias e artigos de luxo.

Era igualmente generosa nos gastos pessoais e, menos de dez anos depois que compraram o título de marqueses, estavam quase falidos.

Por sorte, uma vizinha se encantou com Jeannot. Era uma jovem viúva riquíssima e, quando ela aceitou o noivado, a família respirou aliviada.

Ah, mas o destino prega muitas peças! Justo naquele exato dia em que Jeannot estava aos pés da sua amada, prometendo-lhe o mais feliz matrimônio, apareceu um mensageiro dizendo que oficiais de justiça estavam na casa do marquês com uma ordem de prisão para o Sr. de La Jeannotière.

Jeannot correu para casa e, oh, desgraça! Mal os oficiais saíram com o pai preso por uma porta e os empregados, percebendo a falência, trataram de roubar tudo que puderam! Atarantado, Jeannot andou pela casa vazia, encontrou a mãe aos prantos, nada mais lhe restava da sua fortuna, da sua beleza, das suas loucas despesas!

Jeannot tentou consolar a mãe:

— Não se desespere! A viúva me ama loucamente, é ainda mais generosa que rica. Vou agora mesmo à sua casa e pedirei um empréstimo. Assim poderemos soltar papai.

Voltou à casa da noiva, foi mal recebido. A viúva conversava com um jovem oficial muito amável, trocavam palavras de amor.

Indignado e confuso, Jeannot resolveu pedir ajuda ao preceptor. Seguiu para a casa do antigo professor, confidenciou suas dores... Esse sugeriu que seguisse seu próprio modelo: por que não se tornar preceptor de meninos?

— Ai de mim! — reclamou Jeannot. — O senhor nada me ensinou que eu possa ensinar a outros!

A quem mais recorrer naquele dia aziago? Jeannot bateu à porta da igreja. O confessor da mãe era um padre muito sério e respeitável, bastante procurado pelas senhoras da alta sociedade. Mas, quando viu o jovem marquês a pé, cansado e desesperado, o padre percebeu a gravidade da falência e evitou comprometimento. Em tom pesaroso, entregou-lhe o consolo das palavras:

— Meu filho, Deus nos ensina que as riquezas só servem para corromper o coração. Deus na verdade concedeu à sua mãe a glória da pobreza. Agora, dê-me licença, que uma dama da corte está à minha espera.

O marquês estava a ponto de desmaiar! No dia em que perdeu o pai para a prisão e ficou sem dinheiro, todo o resto se foi... a noiva, os amigos, o professor, o padre! Em tão poucas horas aprendeu melhor a conhecer o mundo do que no resto de sua vida.

Jeannot se sentou à beira da calçada, confuso e aturdido. Nada mais lhe restava na vida. Mas, como o destino é traiçoeiro de um lado e generoso de outro, aproximava-se uma carroça carregada de objetos. O condutor passou rente de Jeannot e pôde olhar para o seu rosto.

— Meu Deus! — exclamou, parando. — Creio que é Jeannot! — A esse nome, o marquês ergueu os olhos. — É Jeannot mesmo! É Jeannot!

Jeannot reconheceu Colin. A vergonha e as lágrimas lhe cobriram a face ao receber o terno abraço do antigo companheiro.

— Você me abandonou — disse Colin. — Nunca respondeu minhas cartas... Mas por mais rico e refinado que esteja agora, eu sempre lhe estimarei como o amigo mais querido. — Jeannot, confuso e comovido com a simpatia demonstrada pelo carroceiro, contou-lhe algumas das amarguras. Colin o ouviu com atenção e animou-o: — Ora, amigo, para tudo há conserto! Vamos à taberna, onde está minha esposa. Quero apresentá-la. Será nosso convidado para o jantar.

Jeannot seguiu junto com a carroça. Vendo a enorme carga, perguntou:

— Tudo isso é seu, Colin?

— Meu e de minha esposa. Casei-me com a filha de um rico negociante de ferro. Trabalhamos muito, Deus nos ajuda.

Colin fez as apresentações, pediram uma farta refeição. O casal, depois de ouvir todas as atribulações de Jeannot, confabulou em particular, até que Colin sugeriu:

— Não seja mais marquês, Jeannot. As grandezas deste mundo não valem um bom amigo. Voltará comigo à nossa terra, aprenderá meu ofício, não é tão difícil assim. Eu lhe darei sociedade e viveremos alegremente no pedaço de terra onde nascemos.

Jeannot se sentia dividido entre a dor e a alegria, a ternura e a vergonha. Pensou: *todos os meus amigos da alta me traíram, apenas Colin, a quem desprezei, veio em meu socorro. Que lição!*

— Caro amigo, agradeço do fundo da alma. Mas não poderia abandonar meu pai e mãe...

— Não se preocupe. Cuidaremos da sua mãe — disse a esposa de Colin. — Sempre poderá morar com você. Temos muitas propriedades, podemos emprestar uma delas enquanto você se acerta com meu marido.

— E quanto ao seu pai, que está preso, eu cá conheço um pouco de negócios — concluiu Colin. — Os devedores, vendo que ele não tem mais nada, hão de se contentar com pouco, deixe a coisa comigo.

Colin falou, Colin fez. Nos próximos dias, negociou as dívidas do marquês com os credores e tirou o velho da prisão. Jeannot voltou para sua terra com os pais, que retomaram a profissão de criar mulas. Jeannot acabou por casar-se com uma irmã de Colin, a qual, tendo o mesmo gênio do irmão, pôde fazê-lo muito feliz.

Moral da história? Jeannot pai, Jeannotte mãe e Jeannot filho viram que a felicidade não está na vaidade.

O PEDREIRO DESCONTENTE

lenda japonesa

Devemos aceitar nosso destino totalmente, sem questionar? Ter ambição é incidir em metas impossíveis? Será que a felicidade é sinônimo de resignação? São perguntas muito relevantes na vida de todos nós. Esta lenda japonesa traz uma sugestão, inclusive com uma moral ambígua, que nos permite muito refletir e questionar.

No Japão, muito tempo atrás, viveu Hofus, um homem pobre que trabalhava na pedreira. Todos os dias, cortava grandes blocos da montanha vizinha à sua cabana. Sua vida era simples, mas feliz.

Certo dia, ele teve de levar um carregamento de pedra para a mansão de um rico homem. Quando chegou lá, viu tantas coisas bonitas que voltou triste para sua montanha. Só pensava nas riquezas do cliente. Sofria muito, porque desejava ter aquelas coisas: uma cama de colchão de plumas, cortinas de seda nas janelas e objetos de ouro decorando a casa.

Suspirou:

— Pobre de mim! Queria ser rico assim!

Suas reclamações despertaram a atenção do espírito da montanha, que resolveu lhe dar uma lição. O espírito respondeu:

— Que Hofus seja rico!

Naquela noite, quando Hofus voltou do trabalho, surpreendeu-se em ver que a cabana desaparecera. Em seu lugar havia um imenso palácio, repleto de coisas bonitas. Melhor! Havia aquele quarto com a macia cama de colchão de plumas e cortinas de seda.

Como agora era um homem rico, Hofus decidiu parar de trabalhar. Podia ficar até tarde na sua cama macia e contemplar todos os seus tesouros. Mas o tempo passava tão devagar, os dias pareciam tão longos!

Certa ocasião, sentado à janela, viu passar uma carruagem puxada por quatro cavalos brancos, conduzindo um príncipe.

À frente e atrás do veículo cravejado de joias estavam lacaios solenemente vestidos. Quando viu aquelas riquezas ainda maiores que as suas, a infelicidade voltou a incomodar o coração do ex-pedreiro.

Suspirou:

— Pobre de mim! Queria ser um príncipe assim!

Surgiu então a mesma voz que ouvira na montanha:

— Que Hofus seja um príncipe!

Imediatamente, Hofus virou um príncipe, rodeado de servos, que protegiam sua cabeça com uma sombrinha de ouro e o conduziam em riquíssima carruagem.

Durante certo tempo, foi feliz. Era poderoso e respeitado.

Certo dia, porém, passeando pelo jardim, viu que as flores estavam murchas e a grama estava seca e marrom. Então saiu da carruagem e sentiu, apesar da sombrinha, o calor do sol queimando sua pele.

O sol é mais poderoso que eu, pensou. E entristeceu.

Suspirou:

— Pobre de mim! Queria a força do sol assim!

Surgiu a voz mágica:

— Que Hofus seja o sol!

Num instante, o ex-pedreiro estava transformado no sol! Era poderoso e magnífico. Aquecia a terra e os animais, era respeitado e temido pelos homens, pois, se brilhasse em demasia, queimava a grama e os campos de arroz; secava os rios e lagos, fazia todos sofrerem, ricos e pobres, com a força de seu calor!

Um dia, uma nuvem resolveu parar um pouco mais à sua frente, tapando-lhe a visão da Terra. Ele ficou zangado.

Reclamou:

— Pobre de mim! Queria ser uma nuvem assim!

Mais uma vez, a voz respondeu ao lamento:

— Que Hofus seja uma nuvem!

Naquele mesmo instante, Hofus se transformou em nuvem. Podia flutuar diante do sol, escondendo-o da Terra, mas era tão imensa e pesada que só podia chover. Durante muitos dias, a nuvem derramou água, fazendo os rios transbordarem, os campos de arroz se encharcarem e as aldeias ficarem alagadas. Só as grandes pedreiras na montanha continuaram secas, intocadas pelas enchentes.

A nuvem que tinha sido um homem olhou para as pedreiras, magoado.

Suspirou:

— Pobre de mim! Queria ser uma pedreira assim!

Mais uma vez, o espírito da montanha fez o seu desejo. Sua voz respondeu:

— Que Hofus seja uma pedreira!

Pronto: no mesmo instante, Hofus foi transformado numa montanha de pedra. Como ficou orgulhoso! Nem o sol conseguiria queimá-lo, nem a chuva o destruiria. *Enfim*, pensou Hofus, *nada existe mais poderoso do que eu!*

Certo dia, porém, a pedreira acordou de seus sonhos com um forte barulho — pam! pam! pam! — lá nos seus pés. Era um pedreiro batendo com as ferramentas na rocha. Deu golpes e mais golpes, até que desprendeu um grande bloco de pedra da montanha. A pedreira que fora Hofus descobriu que aquele homem podia ser mais poderoso que ela.

Suspirou:

— Pobre de mim! Queria ser um homem assim!

Imediatamente, sorrindo com o desfecho de sua missão, a voz do espírito da montanha se fez ouvir em toda a região:

— Que Hofus seja Hofus!

Ele voltou a ser o que era: um simples pedreiro, que trabalhava o dia inteiro na montanha e voltava à noite para sua cabana de pedra. Dessa vez, porém, ficou contente com sua transformação! Tinha aprendido sua lição. Nunca mais desejou ser outra coisa na vida.

A ÁRVORE QUE CANTAVA

Coelho Neto

O escritor brasileiro Coelho Neto foi extremamente popular no início do século XX. Atualmente, é pouco lembrado, vale a pena resgatar aqui um texto que revela uma preocupação constante em sua carreira também de jurista: o valor da verdade. Nesta parábola, o autor acrescenta "os olhos verdes da inveja" para dificultar a busca por um sentimento tão almejado.

Henrique Maximiano Coelho Neto (1864-1934), escritor brasileiro, também foi político, folclorista, crítico literário e um dos fundadores da Academia Brasileira de Letras. Como jurista, defendia ideias abolicionistas. Alguns de seus livros: *Sertão*, *Rei Negro*, *Esfinge*, *A Conquista*.

O rei prometera a mão da princesa para o primeiro homem que trouxesse provas de uma visita ao reino das fadas. O tempo passou e ninguém apareceu para reivindicar o prêmio. Até que certo dia um rapaz apareceu, afirmando ter visitado tal reino. Narrou estranhas aventuras: sua viagem por terras distantes, a navegação por mares desconhecidos, a chegada a uma ilha protegida por centenas de anões armados com espinhos... sua luta feroz contra esse exército até alcançar o mais belo dos jardins, onde moravam as fadas. Dizia ter feito tudo isso sempre ansiando pela mão da princesa, a quem amava!

A corte ouvia, embevecida. A princesa, mais que todos, sentia o coração se agitar de emoção. Seu pai, contudo, tinha de ser mais objetivo: exigiu provas! O rapaz, sorridente, tirou do bolso uma fruta dourada, dizendo que a colhera dos galhos de uma árvore que cantava!

O rei e a princesa olhavam para a estranha fruta, já prenunciando a marcha nupcial, quando um dos cortesãos, homem invejoso e que sempre desejou se casar com a princesa, adiantou-se dizendo:

— A fruta é linda, senhor, mas bem pode ter saído da loja de algum joalheiro. Se veio de galho de árvore, outras iguais eu tenho visto nas vitrines.

Seu argumento convenceu os cortesãos, mas o rei, que simpatizara com o rapaz, não quis dispensá-lo sem que tivesse a chance de dar outra prova do que afirmava.

— É simples, majestade. Basta que plantem essa fruta. Dela nascerá em uma semana uma árvore adulta, que cantará. Essa é a prova de que digo a verdade.

— Tem um mês para provar o que diz — disse o rei.

— Não é necessário, majestade. Em uma semana, a árvore cantará.

O fidalgo invejoso interveio:

— Majestade, sugiro que esse cavalheiro coloque algo mais valioso em risco, até para provar que ninguém tem o direito de enganar um rei. Caso a árvore não nasça em uma semana e cante, sugiro que ele seja enforcado!

Um murmúrio espantado correu pela multidão, mas nada abalava a confiança do jovem: insistiu no prazo de uma semana e se deixou prender pelos guardas, pois aguardaria na cela até provar a verdade do que contara.

O rei pediu que o cortesão invejoso providenciasse o plantio da fruta ao lado da janela do salão. Ele imediatamente obedeceu, mas, agindo já de acordo com sua má índole, sem que percebessem, trocou a fruta por uma pedra. A fruta dourada ele escondeu bem fundo no porão de seu castelo.

Teve início a semana.

Todos os dias, a princesa ia até a janela, ansiosa por ver a árvore brotar. Mas, dia após dia, o terreno continuava liso, nem sinal de planta. A princesa desanimava: escondida, entregava-se às lágrimas, triste de ver o fim de seu amor antes mesmo de começar!

O rei também se decepcionou com o que parecia uma farsa do rapaz. Irritado e ainda mais instigado pelo fidalgo invejoso, respondia quando algum cortesão tentava pedir piedade para o pobre rapaz aprisionado:

— Que morra!

Se tantos se preocupavam com ele, era o próprio quem parecia menos incomodado com seu destino. O jovem não exigia privilégios na cela da prisão, confiante. Na véspera do sétimo dia, recebeu a inesperada visita do fidalgo traiçoeiro:

— Pois é, amigo! Termina amanhã o seu prazo! Onde está a sua árvore cantora?

Os olhos do moço brilharam de ódio. Controlou-se e, dando de ombros, afirmou:

— Se a semente foi plantada, a árvore cantará antes da minha morte.

Ao alvorecer do dia fatal, as trombetas tocaram, chamando todo o povo à praça, onde se erguia a forca.

A tropa se estendia em duas alas, desde o palácio até a praça. As janelas estavam lotadas de curiosos e a multidão se espalhava pelas ruas. O palácio do invejoso dava para a praça, defronte ao palácio real, onde rei e princesa se encontravam na varanda, observando os acontecimentos.

Logo aparecia a carroça com o condenado. Os olhos da princesinha se encheram de lágrimas... O que poderia fazer? Viu o moço subir os degraus da forca com valentia.

No momento em que o carrasco ia colocar a corda em seu pescoço, a praça foi tomada por uma estranha melodia... Comovido, o rapaz se voltou para o rei:

— Majestade! É a árvore que canta. Escute!

O povo, maravilhado, procurava a direção do canto. De repente, alguém apontou para o palácio do invejoso:

— É dali que vem o som! É dali!

O rei, que começava a desconfiar do fidalgo, desceu à rua junto com seus cavaleiros e exigiu a abertura da porta. O invejoso já se atirou aos pés do monarca, implorando perdão, e confessou a tramoia.

Imediatamente, vários fidalgos desceram ao porão do invejoso para constatarem, maravilhados, que a árvore não só estava imponente e florida, como cantava belíssima melodia! Bem dissera o moço: “Se a semente foi plantada, a árvore cantará antes da minha morte”.

A verdade é como a semente da árvore que cantava: pode-se tentar abafá-la, traí-la com mentiras, tirá-la da luz, mas ela rebentará fulgurante, dando a vitória à justiça e confundindo o traidor.

O CRISTO DO MAR

Anatole France

Os mistérios da fé tocam profundamente o coração dos homens. A fé supera épocas e crenças religiosas. Este belo conto cristão de Anatole France comoveu gerações em seu país e no mundo inteiro. Merece ser conhecido.

Jacques Anatole François Thibault, mais conhecido como **Anatole France** (1844-1924), foi um escritor francês, laureado com o Nobel de 1921. Participou ativamente da política em seu país, lutando na guerra Franco-Prussiana de 1870 e escrevendo textos de caráter patriótico e religioso.

A chegada do Cristo coincidiu com o pior período de tempestades na vila de Saint-Valéry. Se até grandes navios naufragavam, deixando entulho nas praias, o que não aconteceria com os barcos dos pescadores?

Foram tantas as missas! Tantos os afogados! O velho e bom padre Truphème não continha o tremor da voz na oração fúnebre:

— Jamais se depositou, em solo sagrado, tantos bons homens como nesta ocasião.

Certa manhã, quando os temporais pareciam serenar, alguns meninos encontraram uma estranha figura no litoral. Estava de bruços, tinha o tamanho de um homem, mas dessa vez não era um afogado: era um Cristo entalhado em madeira dura e pintado em cores naturais. O Cristo flutuava nas águas de braços estendidos, como se esperasse a cruz e os cravos.

Os meninos recolheram a imagem e a levaram ao padre Truphème, que a investigou e concluiu:

— É um Cristo antigo, tenho certeza de que os comerciantes de Paris pagariam bom dinheiro por este tipo de obra. Mas não aconselho vendê-la; se o Senhor chega assim à nossa paróquia, de braços abertos, é para abençoar a quem tanto sofreu com as tempestades, é para dar piedade a essa pobre gente da pesca, que arrisca sua vida.

O padre recolheu a imagem e encomendou ao carpinteiro da vila uma bela cruz de carvalho. Quando ficou pronta, os marinheiros pregaram o Cristo com pregos novos e o colocaram na ala principal da igreja. Foi então que repararam que seus olhos pareciam úmidos, revelando misericórdia pelo povo — um pescador chegou a afirmar ter visto lágrimas correrem pela divina face.

Na manhã seguinte, o vigário se assombrou em ver a imagem deitada sobre o altar e mandou chamar o carpinteiro. Reclamou que ele havia tirado o Cristo da cruz, mas o homem jurava não haver tocado nele.

No domingo, na hora do sermão, padre Truphème narrou o caso e solicitou maiores donativos aos paroquianos, dizendo que o Cristo merecia uma cruz mais bela e majestosa.

Os pobres pescadores de Saint-Valéry deram todo o dinheiro que puderam, as viúvas doaram suas alianças e o padre Truphème seguiu até a cidade grande, onde encomendou uma cruz de madeira negra, com a inscrição "INRI" em letras douradas. Dois meses depois, a cruz foi entregue e o Cristo teve nova morada. A estátua se viu pregada à cruz magnífica, diante do altar.

De manhã, parecia um milagre, mas o Cristo se recusava a ficar na cruz! Abandonando a madeira luxuosa, a imagem se deitava diretamente no chão da igreja.

A notícia do "milagre" se espalhou, indo além das fronteiras da vila de pescadores. Logo, a pobre paróquia de Saint-Valéry foi lotada de donativos para o Cristo do mar. Uma rica dama enviou um coração de diamantes, o próprio ministro da Marinha foi generoso, um ourives parisiense se propôs a entalhar a mais rica cruz que o dinheiro pôde comprar. Em dois anos, a peça estava pronta e foi inaugurada na Páscoa, em meio à grande pompa e cerimônia, prestigiada por gente de todas as partes da França.

Mas aquele que não recusara a dolorosa madeira do seu destino escapou também da cruz feita de joias e, no dia seguinte à missa, de novo se estendia de braços abertos sobre o altar.

Dessa vez, o piedoso povo de Saint-Valéry teve medo de ofender ao Senhor e a imagem ficou largada no altar por alguns anos. Até o dia em que Pierre veio dizer ao vigário que encontrara na praia a verdadeira cruz de Cristo.

Pierre era um homem muito simples, quase um idiota, que costumava dizer coisas sem nexo. Muitas foram as vezes que nem sequer conseguiu ganhar o pão de cada dia, vivendo de caridade.

Apesar disso, o padre Truphème se impressionou com as palavras do simplório. Foi, junto com o sacristão e dois ajudantes, até o local onde o homem dizia ter visto a cruz.

Que decepção! Numa área isolada da costa, encontraram muitos destroços soltos de embarcações. Realmente, num canto, estavam pranchas havia muito açoitadas pelas ondas e, por mera casualidade, duas delas se pareciam com uma cruz.

— Pobre Pierre! Essas tábuas... uma cruz? — riu o sacristão, debochando, junto aos outros, da ingenuidade do infeliz.

Padre Truphème, severo, pôs fim à zombaria. Havia muito meditava sobre o mistério daquele Cristo do mar e da sua aparição entre pescadores. Não achava divertida a confusão de Pierre, que via, em madeiras soltas de naufrágio, a verdadeira cruz do Senhor.

O clérigo ajoelhou na areia e fez uma profunda oração em honra dos naufragados. Depois, pediu que os ajudantes pusessem a madeira aos ombros e a conduzissem à igreja. Ergueu a imagem sobre o altar, e ele mesmo pregou o Cristo com pregos enferrujados pelo mar sobre as velhas pranchas.

A partir daquele dia, o Cristo do mar aceitou seu lugar de honra na igreja. Em vez da rica cruz de joias, estava fixado no desgastado madeirame dos naufrágios.

Nunca mais dali se despregou. Com seus olhos de infinita bondade, era como se a imagem dissesse: “Minha cruz é feita dos sofrimentos dos homens, porque em verdade vos digo, sou o Deus dos pobres e dos desvalidos”.

A ROUPA NOVA DO IMPERADOR

Hans Christian Andersen

A vaidade traz um componente de ridículo, ainda mais quando se reveste de ignorância. Essa é a moral do conto de fadas de Hans Christian Andersen, escritor dinamarquês do século XIX que popularizou fábulas e histórias orais de povos da Europa com um estilo elegante e uma visão romântica que muito agradou aos jovens leitores. Seu nome batiza o mais importante prêmio de literatura infantil, o "pequeno nobel", que a International Board of Books for Young People concede anualmente a escritores e ilustradores do mundo todo.

Hans Christian Andersen (1805-1875) foi escritor e poeta dinamarquês, reconhecido como autor de contos de fadas traduzidos e adaptados no mundo todo. Alguns deles: *A Pequena Sereia*, *A Pequena Vendedora de Fósforos*, *A Polegarzinha* e *O Soldadinho de Chumbo*.

Há muitos anos, existiu um reino comandado pelo mais vaidoso dos homens. O imperador gostava tanto de roupas novas que gastava com elas todo o dinheiro que possuía. Não se importava em pagar direito seu exército nem ir ao teatro ou passear de carruagem, a não ser que pudesse mostrar os seus novos trajes nesses passeios. Também pouco tempo dedicava aos negócios de governo e, do mesmo modo como outras pessoas diriam de seus reis, "o monarca está reunido com o Conselho", diriam "o imperador está reunido com seus alfaiates".

Esse interesse do imperador despertou a cobiça de dois malandros, que surgiram na cidade se apresentando como tecelões. Mais que isso! Afirmavam ser capazes de tecer a mais magnífica fazenda de todos os tempos. Pediram então uma audiência com o monarca para exibir sua mercadoria.

— É um tecido mágico, majestade! — disse um dos malandros. — Além de ter as mais lindas cores e os desenhos mais deslumbrantes, qualquer roupa feita com esse tecido vai revelar o caráter humano.

— Como assim? — perguntou o primeiro-ministro.

— A roupa feita com este tecido fica invisível se tiver diante de si alguém incompetente ou muito estúpido — explicou o outro farsante.

De tal modo os falsos tecelões exibiram as virtudes de sua mercadoria, que despertaram o interesse do imperador. *Devem ser trajes magníficos*, pensou ele. *E com uma vantagem: se eu usar tal roupa, posso descobrir o quanto meus conselheiros são hábeis ou inteligentes!*

— Está certo. Como posso ter uma roupa assim? — perguntou o rei.

— Simples, majestade. Basta que nos ajeite um lugar calmo, onde possamos fiar o tecido...

— Além de fios de ouro e seda, tudo da melhor qualidade... — continuou o outro malandro.

— Em pouquíssimo tempo, Vossa Alteza terá essa roupa em seu armário! — completou o primeiro mentiroso.

O imperador adiantou uma grande quantia para que ambos pudessem começar o trabalho e os instalou em confortáveis dependências do palácio.

Era a vida que eles pediram a Deus. Os farsantes montaram o tear com grande espalhafato, pediram a seda mais fina e fios de ouro da maior pureza; em seguida, guardaram tudo isso em suas malas e depois... mãos à obra! Isso é, puseram-se a fingir, com o tear vazio.

E o tempo passou.

Todos os habitantes da cidade sabiam da fantástica propriedade que o tecido possuía, e todos, também, estavam ansiosos em saber o quanto os moradores da capital seriam inteligentes. Mas o imperador demorava a conferir o trabalho dos farsantes. Preocupava-se: *e se eu não puder ver a roupa?*, pensou o ingênuo e vaidoso monarca. *Isso revelaria estupidez ou incompetência. É melhor enviar outra pessoa para conversar com os tecelões.*

Então enviou o primeiro-ministro.

— Entre, Sr. ministro, fique à vontade... — disse um dos tecelões, fingindo segurar um pano finíssimo e abri-lo diante dos olhos espantados do velho. — Seja sincero: qual a sua opinião sobre a cor do tecido?

— Concorda com meu amigo? — perguntou o outro tecelão. — Não acha que está escuro demais?

— Ah, mas cores escuras estão na moda! — disse o outro malandro. — O que o senhor acha?

Mostravam, ao mesmo tempo, o tear vazio, e o pobre, bom e velho ministro, por mais que arregalasse os olhos, não conseguia ver nada, porque nada havia para ver.

Meu Deus!, pensou. *Sou tão estúpido assim? Ninguém pode saber. Não posso confessar que não vejo o tecido.*

— É belíssimo, não há nada mais belo! — exclamou o velho, fitando o trabalho através dos óculos. — O que mais me agrada é esse desenho e... que cores! Maravilhosas! Vou recomendar o trabalho ao imperador. — E saiu, apressado.

Alguns dias depois, os vigaristas pediram ao imperador mais dinheiro, seda e fio de ouro para que pudessem prosseguir. Claro! Puseram tudo nos bolsos.

O imperador enviou outros cortesãos, em diferentes momentos, para cobrar o andamento do trabalho. A esses acontecia o mesmo que ao primeiro-ministro: nada viam. Como não queriam passar por incompetentes, voltavam ao rei dizendo maravilhas do tecido invisível.

Até que sua Alteza Real quis conferir tudo com os próprios olhos. Acompanhado por um seleto grupo de cortesãos, adentrou os aposentos dos falsos tecelões.

Foi recebido com toda dignidade. Os dois malandros mexiam as peças do tear, dobravam e desdobravam o "tecido" e faziam muitos comentários sobre o... vazio.

— É magnífico! — exclamaram dois nobres que já haviam "visto" antes o tecido. — Majestade, olhe o desenho: que cores maravilhosas!

Apontavam para o tear vazio, pois não tinham dúvidas de que as outras pessoas viam o tecido. *Mas o que é isso?*, pensou o rei, cada vez mais desesperado diante da sua cegueira em ver o pano. *Todos veem o que não vejo... sou, então, incapaz para governar?*

Tratou de elogiar o trabalho dos farsantes:

— É maravilhoso! O tecido merece minha total aprovação... Posso usá-lo na procissão de domingo?

Os dois malandros, que já planejavam a fuga, confirmaram a data. Trataram de recolher suas malas cheias de riquezas, o ouro do pagamento pelo trabalho, e puseram-se bem longe do reino.

Quando chegou o domingo, uma multidão se espalhava pelas ruas. Afinal, todos os súditos pretendiam conhecer a nova roupa do imperador...

Enquanto isso, no seu quarto, um desiludido soberano contemplava o cabide vazio. Seus camareiros, ansiosos, fingiam desdobrar metros e mais metros de capas, calça, camisa, mantos... Vestiram o rei com o vazio e seguiram para o cortejo.

Na rua, o povo que via a procissão exclamava:

— Meu Deus, que roupas lindas!

— As novas roupas do imperador são magníficas!

— Que riqueza de bordados!

— Que cores incríveis!

Ninguém queria dar a perceber que não via coisa alguma para não passar por estúpido ou por incapaz... Nunca uma roupa do imperador alcançou tanto sucesso!

Até que, quando a procissão passou por uma casa, um menino na janela teve coragem de dizer o que todos viam, mas ninguém assumia:

— O rei está nu!

As pessoas se entreolharam, assustadas. Aquele menino não poderia ser corrupto. E o que haveria de tão estúpido nele?

— Escutemos a voz da inocência! — disse o pai do menino.

Um e outro apontou para o rei. Um velho assobiou. Uma mulher tapou a boca para conter o riso. Logo, a multidão gritava em uma só voz:

— O rei está nu!

Foi sob um coro de gargalhas que o humilhado monarca se recolheu ao castelo, caindo em si afinal... a magnífica roupa nova não passava de um truque!

O JABUTI E A FONTE

fábula indígena brasileira

O jabuti é um animal tipicamente brasileiro, presente em muitas narrativas populares. O pesquisador Câmara Cascudo denomina de "ciclo do jabuti" as histórias de origem indígena, que descrevem o personagem carregando uma gaita e usando da esperteza para combater rivais mais fortes ou truculentos.Esta fábula foi recolhida por Sílvio Romero (1851-1914). no livro *Contos Populares do Brasil.*

O jabuti queria se casar com a filha da onça, mas a concorrência era brava: além dele, o homem e o lagarto também eram pretendentes. O jabuti pensou, pensou... bolou um plano.

Primeiro, foi à lagoa e recolheu um bando de sapinhos. Cochichou uma boa história nos ouvidos deles, explicou o que tinham de fazer e como deveriam parar quando ele tocasse sua gaitinha. A sapaiada aceitou; até porque não gostavam nem de lagartos, nem dos homens. E também porque eram do tipo que adoravam mesmo uma bagunça. Acertada essa parte, o jabuti convenceu o macaco de que era o maior fofoqueiro das florestas a beber daquela água.

O macaco se agachou, os sapinhos começaram a cantar, em voz cavernosa:

Turi, turi...
Vou quebrar suas pernas...
Vou furar seus olhos...

O macaco ficou tão assustado, mas tão assustado, que até perdeu a cor. Os pelos, que eram pretos, ficaram cinza! Tratou de dizer a todo mundo que a tal fonte estava enfeitiçada por um bicho muito mau.

O jabuti então provocou os concorrentes, duvidando que bebessem da fonte. O lagarto tinha de mostrar coragem, lá foi ele. Agachou-se, esticou a língua pra fora... e ouviu:

Turi, turi...
Vou quebrar suas pernas...
Vou furar seus olhos...

Parece que corre até hoje! Desistiu da ideia de casar com a onça.

Era a vez do homem. A bicharada inteira cercou a fonte, crente de que dessa vez topavam com alguém de coragem! O homem se ajoelhou, botou as mãos em concha para pegar água e...

Turi, turi...
Vou quebrar suas pernas...
Vou furar seus olhos...

O fulano fez um milhão de sinais da cruz na testa e desapareceu da região, foi-se para nunca mais.

Bom, o jabuti já estava livre da concorrência, mas ainda carecia de provar valentia para o sogro. Chegou à beira da fonte, deu um toque na gaitinha, e os sapos se aquietaram.

O jabuti bebeu água, quase nadou naquela fonte. A bicharada comemorou, e o Sr. Onça lhe deu a mão de sua filha em casamento.

OS DOZE PEQUENOS HERÓIS

Anedota histórica da Polônia

Li esta anedota dramática há anos e nunca a esqueci. O uso comum associa a palavra "anedota" a uma piada; na verdade, é uma narrativa pitoresca baseada em fato real. Muitas vezes, o fato em si é engraçado e por isso sua definição se restringiu ao humor. No nosso caso, os doze heróis existiram de verdade e o fato que protagonizaram não foi engraçado, mas bastante perigoso, exigindo extrema coragem e determinação!

Meu pai nasceu na Polônia. Essa é uma história que ele sempre me contava:

— É verdade. Ouça, meu filho, o que aconteceu. Foi durante a Segunda Guerra. Nossa pátria foi o primeiro país a ser invadido pelo exército alemão…

Foi muito fácil para os alemães acabarem com a resistência polonesa. Dominaram logo o país. Vinham de todos os lados! As informações eram confusas, conflitantes. Mas sabíamos que eles logo chegariam à nossa aldeia.

Havia um grande lago na aldeia de Vrinsky. Na primavera e verão, era um lago manso, de águas verdes e fundas. Mas no inverno… o lago era o diabo! Havia corredeiras, pedras, lugares onde o gelo era tão fino que se arrebentava só de olhar. Ah! Aquilo virava uma armadilha! Só conseguia ultrapassá-lo quem o conhecesse bem, quem soubesse onde pisar.

Foi durante a Segunda Guerra… Nossa aldeia estava esvaziada, tinha tão pouca gente! Os adultos, os soldados, havia muito tinham partido de Vrinsky para lutar em *fronts* distantes. Restaram mulheres, velhos e meninos.

Diante da iminência da invasão, a aldeia inteira se reuniu na igreja de Vrinsky. Era uma noite de inverno terrível, o vento chicoteava as faces das pessoas e o frio deixava o rosto duro, azulado. Mesmo assim, todos compareceram à reunião; o povo de Vrinsky precisava tomar uma decisão, o exército alemão estava a poucos quilômetros dali. Deveríamos fugir ou nos esconder? Deveríamos ser hospitaleiros, convidar os soldados para nossas casas? Assim, quem sabe seríamos poupados?

Depois que alguns velhos medrosos deram suas sugestões conformistas, um menino pediu a palavra. Era Josef, de treze anos. Ele nem sabia direito como pedir a palavra diante do conselho, então falou logo de uma vez:

— A gente não vai se render! A gente pode vencer os alemães. A gente pode fazer isso! Levar os alemães para o lago!

Fez-se silêncio. Só se ouvia a voz do vento, agitando-se fora da igrejinha. Porém, qualquer um de nós, usando da imaginação, ouviria o barulho de mil botas: quinhentos soldados alemães se aproximavam de Vrinsky.

— Nós, os meninos! — concluiu Josef, apontando seus amigos.

Eram doze. Doze meninos, de nove a catorze anos, aceitaram a missão.

O tempo era pouco. Mães chorosas beijaram seus filhos, avôs e avós acariciavam seus pequenos temendo nunca mais vê-los. As despedidas foram apressadas, os meninos se agasalharam como puderam, pegaram tochas e partiram.

Os doze meninos conheciam bem o caminho. Logo estavam à beira do lago. Já ouviam o barulho da soldadesca que marchava pela noite...

A um sinal de Josef, as tochas foram acesas. Era a isca: o exército alemão avançou. Os meninos recuaram.

A noite era escura demais, o frio era forte demais... Quando entraram no lago congelado, as tochas foram apagadas. Os meninos eram leves, bem mais leves que soldados. E tinham o conhecimento do lago e da terra.

Viam tão pouco à sua frente... E o que ouviam? O rugir do vento, o gelo rangendo a seus pés... Aos poucos, começaram a ouvir também outros sons: passos fortes, estalar de gelo rompendo-se, gritos de espanto e dor, rajadas de metralhadora para o céu, ordens berradas em língua desconhecida... Em nenhum momento os meninos pararam.

Afinal, chegaram à margem. Contaram-se, tocaram-se no escuro... todos os doze haviam atravessado o lago! Deus misericordioso não levou nenhum menino.

Não precisaram acender as tochas, pois a nuvem descobriu a lua. Puderam ver o lago... imenso e liso, o caminho trilhado pelos garotos marcado em gelo sólido, e no mais... a água gelada se abria por todo lado. Um lago reto como mármore, o mármore de um túmulo para quinhentos soldados alemães.

— Meu filho... — Nesses momentos, meu pai tinha lágrimas nos olhos. — Em toda Polônia festejaram a glória desses doze meninos heróis, que defenderam a sua aldeia. — Papai puxou um lenço, limpou os olhos enrugados. Ele estava velho, era uma história tão antiga... — Eu fui um desses meninos.

O PRÍNCIPE FELIZ

Oscar Wilde

Uma confissão: eu sempre me emociono quando leio *O Príncipe Feliz!* Por tudo: a delicadeza do estilo de Oscar Wilde, que procurei preservar nesta versão; a irreversibilidade do destino do príncipe, que só após a morte pôde compreender a amplitude da miséria de seu povo; a negligência e desdém dos poderosos... O desfecho é tão triste e, por isso, comovente. A fé é apresentada como consolo e conciliação.

Oscar Fingal O'Flahertie Wills Wilde, ou simplesmente **Oscar Wilde** (1854-1900), escritor britânico de origem irlandesa, foi contista, dramaturgo de sucesso — é o autor de *Salomé* — e crítico literário. Seu romance, *O Retrato de Dorian Grey,* é um primor da literatura fantástica.

A estátua do príncipe feliz ficava num lugar privilegiado, sobre uma alta coluna, na parte mais elevada da cidade. Era magnífica: revestida de finas folhas de ouro, tinha como olhos duas brilhantes safiras, e no punho da espada resplandecia um grande rubi.

Era o orgulho da cidade. Todos a admiravam.

— É belo como um cata-vento — observou um dos conselheiros municipais, fingindo certos gostos artísticos. — É verdade que um cata-vento pode ser mais útil — acrescentou, receoso de que o julgassem pouco prático. — Mas que é belo, isso é.

— Por que você não é como o príncipe feliz? — perguntou certa vez uma mãe, reclamando com o filho que chorava, pedindo à lua. — O príncipe feliz nunca se lembra de chorar por coisa alguma.

— Ainda bem que há neste mundo quem seja inteiramente feliz — murmurou um desiludido ao contemplar a maravilhosa estátua.

— O príncipe feliz é igualzinho a um anjo! — disseram as crianças de uma casa de caridade ao saírem da missa.

— Como sabem disso? — perguntou o professor de Matemática. — Vocês nunca viram um anjo...

— Ora! Bem que já vimos em nossos sonhos — responderam as crianças.

O professor de Matemática franziu as sobrancelhas com severidade, porque não aprovava que as crianças sonhassem.

Uma noite, voou sobre a cidade uma pequena andorinha. Suas amigas tinham partido para o Egito seis semanas antes, mas ela ficara. Estava apaixonada pelo mais belo dos caniços. Encontrara-o pela primeira vez na primavera, quando descia o rio atrás de uma grande mariposa amarela. Ficara atraída pelo seu porte esbelto e parara para conversar com ele.

— Posso amar você? — dissera a andorinha, que preferia a sinceridade.

O caniço fez uma profunda curvatura, mas não respondeu. A andorinha entendera aquilo como um "sim" e voejara ao seu redor. Suas asas roçaram a água e ergueram pequenas ondas prateadas. Esse era seu jeito de demonstrar carinho e, durante todo o verão, a andorinha tentara seduzir seu apaixonado.

— É uma paixão ridícula — gozaram as outras andorinhas. — Ele é pobre, sem um tostão, e tem tantos parentes!

Realmente, o rio estava atulhado de caniços. Mas a andorinha não se importara com os comentários e continuara dedicada a seu amor.

Com a chegada do outono, as aves partiram e a andorinha se sentiu muito só. Começou mesmo a se fartar daquele namoro tão parado!

— Vou-me embora para as pirâmides — disse o pássaro. — Adeus!

Voou durante o dia inteiro, ao anoitecer chegou à cidade. *Onde posso me instalar?*, pensou. Então viu a estátua imponente sobre a alta coluna.

— Já sei, ficarei aqui! — exclamou. — É um ótimo local, muito bem arejado.

Pousou entre os pés do príncipe. Contente, reparou que seu alojamento era decorado com as pedras preciosas da estátua.

Preparava-se para dormir e estava colocando a cabeça debaixo da asa quando lhe caiu em cima uma grande gota de água.

Coisa estranha!, pensou. *Não há sequer uma nuvem no céu! As estrelas estão claras e brilhantes, e, apesar disso, está chovendo. Como é horrível o clima do norte da Europa.*

Caiu outra gota. Dessa vez, a andorinha se incomodou:

— Ora, de que me serve esta estátua imponente se não me protege da chuva? É melhor procurar uma boa chaminé.

Antes que levantasse voo, recebeu uma terceira gota na cabeça. Ergueu os olhos e viu... Ah, o que foi que ela viu? Os olhos do príncipe feliz estavam cheios de lágrimas. Era de seu rosto dourado que pingavam as gotas. Seu rosto era tão belo ao luar que a pequena andorinha se encheu de compaixão.

— Quem é você? — perguntou.

— Eu sou o príncipe feliz.

— Então por que está chorando? Você me molhou inteira.

— Quando eu era vivo e tinha um coração humano — respondeu a estátua —, não sabia o que eram lágrimas, pois vivia no palácio de Sans-Souci, onde a dor nunca entrava. Durante o dia, brincava com meus companheiros no jardim e, todas as noites, podia dançar alegremente no salão nobre. Meu palácio era cercado por um alto muro, e nunca procurei saber o que havia do outro lado dele... Em volta de mim, tudo era tão bonito! Os cortesãos me chamavam de príncipe feliz e feliz eu era, realmente. Até a minha morte foi tranquila, um acidente repentino e sem sofrimentos.

— Ora, príncipe, se sua vida foi tão boa, por que chora?

— É que, agora que estou morto, os meus súditos me puseram neste lugar alto, e posso ver toda a feiura e toda a miséria da minha cidade... Apesar de meu coração ser feito de chumbo, sou obrigado a chorar.

O quê? Ele não é feito de ouro maciço?, pensou a andorinha, mas sem coragem de expressar sua dúvida em voz alta.

O príncipe continuou:

— Muito longe daqui, numa ruela, há uma casa pobre. Pela janela aberta, posso ver uma mulher sentada a uma mesa. Seu rosto é magro e sofrido, e suas mãos são ásperas e picadas de agulha, pois é costureira. Está bordando os vestidos de cetim para as mais formosas damas de honra da rainha usarem no próximo baile da corte. No quarto, seu filhinho arde em febre e implora por laranjas... A mãe nada tem para lhe dar a não ser água do rio, e por isso ele chora. Andorinha, andorinha, pequena andorinha, não pode lhes levar o rubi do punho da minha espada? Meus pés estão presos neste pedestal, eu não posso me mover.

A andorinha explicou que já deveria estar no Egito com suas companheiras. Mas o príncipe insistiu:

— Andorinha, andorinha, não quer ficar comigo uma noite e ser minha mensageira? O menino está com tanta sede, e a mãe tão triste!

— Eu não gosto lá muito de meninos — respondeu a andorinha. — Às vezes, eles me atiram pedras... Mas vá lá.

A andorinha arrancou o rubi do punho da espada e voou com ele no bico. Sobrevoou os telhados da cidade, passou pela torre da catedral, onde estavam esculpidos anjos de mármore branco. Passou pelo palácio e ouviu o som do baile. Uma moça apareceu na varanda com seu namorado e falou:

— Espero que meu vestido fique pronto para o baile de gala. Mandei que fossem bordados martírios, mas as costureiras são tão vagarosas!

A andorinha atravessou o rio, viu os mastros dos navios. Atravessou o gueto, viu os velhos judeus pesando moedas em balanças de cobre. Finalmente chegou à pobre casa e entrou. O menino se agitava febrilmente no leito, e a mãe adormecera, de tão cansada. A andorinha colocou o grande rubi na mesa, junto ao dedal da mulher, e retornou ao pedestal do príncipe feliz. Ali, adormeceu.

Ao anoitecer, foi lavar-se na fonte da praça.

— Que fenômeno! — exclamou o professor de Ornitologia. — Uma andorinha no inverno!

Sigo esta noite para o Egito, pensou a andorinha. Quando a lua subiu, ela voltou ao príncipe feliz:

— Quer que leve alguma coisa para o Egito? — gritou. — Parto agora mesmo. Lá, o hipopótamo se deita entre os juncos, e numa grande casa de granito está sentado o deus Mêmnon. Minhas amigas me esperam!

— Andorinha, andorinha, pequena andorinha... — disse o príncipe. — Não quer passar mais uma noite comigo? Daqui de meu pedestal, vejo um rapaz num cubículo. Está inclinado numa mesa repleta de papéis. Tenta concluir uma peça para o diretor do teatro, mas o frio é tanto que não consegue escrever. Falta fogo na lareira e a fome o fez desmaiar.

— Passarei mais uma noite contigo — disse a andorinha, que tinha realmente bom coração. — Devo levar um rubi?

— Ah! Já não tenho mais rubis — respondeu o príncipe. — Tudo o que me resta são os olhos. São feitos de preciosas safiras. Arranque uma delas e a leve para o rapaz. Ele pode vendê-la, comprará lenha e terminará sua peça.

A contragosto, a andorinha arrancou o olho do príncipe e voou para a moradia do estudante. Foi fácil entrar, pois havia um buraco no telhado. O rapaz tinha a cabeça apoiada nas mãos e não ouviu o ruído das asas do pássaro. Quando ergueu os olhos, viu, sobre as violetas murchas, a bela safira.

— Estou começando a ser apreciado! — exclamou. — Isto veio de algum admirador. Agora posso acabar a minha peça! — concluiu com ar muito feliz.

Na terceira noite, a andorinha se despediu do príncipe.

— Andorinha, andorinha, pequena andorinha... — disse o príncipe. — Não quer passar mais uma noite comigo?

— Querido príncipe, estamos no inverno e a neve não tardará a chegar aqui. No Egito, o sol aquece as verdes palmeiras, e os crocodilos repousam no lodo. Minhas amigas fazem seus ninhos nos templos do Egito e Arábia. Caro príncipe, preciso deixá-lo. Na próxima primavera, eu lhe trarei duas belas joias em lugar daquelas que você doou.

Mas o príncipe insistiu:

— Será tarde para a menina... Oh, andorinha, daqui eu a vejo... Lá embaixo está uma pequena vendedora de fósforos. Deixou os fósforos caírem na sarjeta, e estão inúteis. Seu pai baterá nela se voltar para casa sem dinheiro, e ela chora. Não tem sapatos nem meias, e a cabecinha está descoberta. Pode morrer de frio! Andorinha, depressa, arranque meu outro olho e o leve até a menina.

— Caro príncipe — disse a andorinha —, não posso fazer isso. Ficará inteiramente cego.

— Andorinha, andorinha, pequena andorinha... — disse o príncipe. — Faça o que lhe peço.

Assim, ela arrancou o outro olho do príncipe e voou. Achou a praça e desceu rápida até a vendedora de fósforos, colocando a joia na palma de sua mão.

— Que bonito pedaço de vidro! — exclamou a menina e correu para casa a rir.

Então a andorinha voltou ao príncipe:

— Agora que está cego, ficarei contigo para sempre.

— Não, pequena andorinha — disse o príncipe. — Você deve ir para o Egito.

— Ficarei com você para sempre — respondeu a andorinha e adormeceu aos pés da estátua.

No dia seguinte, ela se sentou no ombro do príncipe e lhe contou histórias das terras estranhas que visitara. Contou-lhe de pássaros vermelhos como os rubis, os íbis, que pescam com seus longos bicos nas margens do Nilo. Contou-lhe sobre a Esfinge, que tem a idade do mundo, vive no deserto e sabe tudo. Disse dos mercadores, que andam vagarosamente ao lado de seus camelos, e do rei das Montanhas da Lua, que é negro como ébano, e da grande serpente verde, que dorme numa palmeira, e dos pigmeus, que estão eternamente em guerra com as borboletas.

— Querida andorinhazinha — disse o príncipe depois de ouvir por longo tempo. — Tudo que me contou são coisas maravilhosas e misteriosas, porém maior mistério é o sofrimento dos homens e das mulheres, é a miséria. Voe sobre a minha cidade, pequena andorinha, e me conte tudo o que enxergar. Seja meus olhos...

A andorinha obedeceu. Sobrevoou a cidade, viu os ricos se divertindo nas suas belas casas, enquanto os mendigos estavam sentados aos portões. Entrou em vielas sombrias, encontrou crianças pálidas e famintas olhando apaticamente para as ruas escurecidas de fuligem. Viu dois meninos bem pequenos sob a ponte, deitados nos braços um do outro, procurando se aquecer.

— Estamos com uma fome! — eles disseram.

E um guarda, ouvindo-os, expulsou-os, dizendo:

— Vocês não podem permanecer aqui.

E lá se foram eles debaixo da chuva.

Contou ao príncipe tudo o que vira.

— Meu corpo é coberto de fino ouro — disse o príncipe. — Deve arrancá-lo, folha por folha, e dá-lo aos meus pobres; os vivos sempre pensam que o ouro pode lhes dar a felicidade.

Folha por folha do fino ouro a andorinha arrancou, até que o príncipe feliz ficou todo opaco e cinzento. E cada pedaço daquele ouro a andorinha levou aos pobres. As faces das crianças se fizeram mais rosadas, e elas riram e brincaram na rua.

— Agora temos pão! — gritaram.

Veio a neve, e, depois da neve, a geada. As ruas pareciam feitas de prata, de tão claras e cintilantes; toda a gente andava com peles e couro, e os garotos usavam gorros vermelhos e patinavam no gelo.

A pobre andorinha sentia cada vez mais frio, mas não queria deixar o príncipe, a quem muito amava. Apanhava migalhas à porta da padaria quando o padeiro não estava olhando e tentava aquecer-se batendo as asas.

Por fim, sentiu que ia morrer. Mal teve forças para voar até o ombro do príncipe pela última vez.

— Bom dia, caro príncipe — murmurou. — Posso beijar a sua mão?

— Alegra-me saber que vai afinal para o Egito, pequena andorinha — disse o príncipe. — Sua demora por aqui foi muito longa... Mas gostaria que me beijasse nos lábios, pois eu a amo.

— Não é ao Egito que eu vou — respondeu a andorinha. — Eu vou para a casa da morte. A morte é a irmã do sono, não é?

Beijou os lábios do príncipe feliz e caiu morta aos seus pés.

Nesse momento, ouviu-se um estranho estalo dentro da estátua, como se alguma coisa se quebrasse: o coração de chumbo se partia exatamente ao meio. Era, sem dúvida, terrivelmente dura aquela geada.

De manhã cedo, o prefeito passeava na praça em companhia dos conselheiros municipais. Casualmente, ergueu os olhos e reparou na estátua.

— Santo Deus! Em que estado lastimável se acha o príncipe! — disse ele.

— Realmente, lastimável! — exclamaram os conselheiros municipais, que sempre concordavam com o prefeito.

— O rubi da espada caiu, os olhos estão partidos, o dourado desapareceu. Parece um mendigo. Ainda por cima, aqui a seus pés está nada mais, nada menos do que um passarinho morto! — continuou o prefeito. — Devemos imediatamente baixar um edital proibindo os pássaros de morrerem aqui.

Um dos conselheiros anotou a sugestão.

— Uma vez que já não é belo, já não é útil — disse o professor de Belas-artes da universidade.

— Temos de demolir o príncipe — concluiu o prefeito. — Podemos reaproveitar o metal e erguer outra estátua.

— Desta vez, por que não uma estátua da sua digníssima pessoa? — sugeriu um conselheiro bajulador.

Enquanto decidiam o que fazer do metal, a estátua do príncipe feliz derretia na fundição. Um dos operários, porém, encontrava estranha dificuldade:

— Que coisa! — disse. — Este coração de chumbo partido não derrete no forno.

— Jogue-o fora — ordenou o capataz.

Atiraram o coração do príncipe na lixeira, onde jazia também a andorinha morta.

Foi então que Deus, que tudo vê, ordenou a um de seus anjos:

— Traz-me as duas coisas mais preciosas desta cidade. — O anjo lhe levou o coração de chumbo e o pássaro morto. — Escolheste bem — disse Deus. — No meu jardim do Paraíso, esta avezinha cantará eternamente, e na minha cidade de ouro o príncipe feliz me glorificará.

PARA QUE SERVEM OS POETAS

Marcia Kupstas

Uma homenagem. Esta história, de minha autoria, pede licença aos poetas e usa seus versos para falar de amor. Lucas e Marília estão apaixonados, merecem ficar juntos, mas há dificuldades a enfrentar. Problemas do dia a dia e da alma, que impossibilitam a união dos amantes.

Marcia Kupstas é escritora brasileira. Seu livro de estreia, *Crescer É Perigoso*, ganhou o Prêmio Revelação Mercedes-Benz de 1988. Coordenou coleções — *Sete Faces*, *Deus no Jornal* e *Três por Três* — e publicou mais de cento e sessenta livros. Alguns deles: *Clube do Beijo*, *É Preciso Lutar*, *A Maldição do Silêncio*, *A Namorada de Camões* e *Aventuras de Garoto*.

Lucas nem tinha ideia de quem fora Tomás Antônio Gonzaga. Nunca ouviu falar do Arcadismo. Provavelmente, nunca imaginou que o nome da namorada inspirasse poemas. Mesmo assim, sentia o eco das palavras em seu coração:

Minha bela Marília, tudo passa;
A sorte deste mundo é mal segura;
Se vem depois dos males a ventura,
Vem depois dos prazeres a desgraça.

Não era uma desgraça o que lhe acontecia? Por quanto tempo Lucas preparou o discurso, anteviu Marília à sua frente, despediu-se dela tentando dizer o menos possível, explicar sem justificar, partir sem ficar com vergonha? Isso era inevitável, ele teria de partir. E nessa viagem talvez tivesse de virar homem com mais rapidez do que seus dezesseis anos permitiam.

— Cheguei cedo? — Marília surgiu diante dele como passe de mágica.

Marília! Tão linda, com o corpo esbelto, cabelo crespo e sorriso tímido, de olhos amendoados que o encaravam com mais timidez ainda. Tantas vezes a menina quase tinha medo dele, da sua intensidade. De quando não conseguia dizer coisa alguma e apenas mergulhava os olhos nos olhos dela.

Dessa vez, Lucas desviou o olhar. Ombros curvos, mãos tão apertadas uma na outra que as veias se salientavam, como se o gesto das mãos pudesse destravar sua boca, facilitar a conversa. Apontou para a praça com um gesto, foram até o banco costumeiro.

— Que foi, Lucas?

Lucas olhou à frente. Um fim de tarde quente, terra de verão eterno, terra de gente morena, cidade natal de Marília, de Lucas, de pais e avós, desde sempre.

— Vou embora — só conseguiu dizer isso do discurso decorado.

Esperou. Marília esperou com ele.

Então, enquanto Lucas tinha vontade de falar sobre o amor tão fundo que sentia por ela, que às vezes mais doía do que acalmava... a vontade de contar como ficava à noite, antes de dormir, revendo em sua mente cada pedaço de pele, carne, cabelo e sorriso que formavam Marília... enquanto mordia na boca o desejo de dizer "eu te amo" e sabia, mesmo aos dezesseis anos, que nunca mais na vida ia amar outra mulher daquele jeito... enquanto sofria com a vontade de pelo menos tentar dizer aquilo que nunca dissera nos meses de namoro, ele começou, com facilidade, a soltar outras coisas:

— Vou embora, Marília, vou embora. Que chance tenho aqui? Nem terminei estudo. E estudar pra quê? Nem emprego tem aqui. Quem sabe fora daqui eu me arrumo.

Olhar rapidíssimo, mínimo, para o rosto sério de Marília. Depois desviou os olhos: via a árvore magrela da praça, uma vizinha gorda carregando frutas na cesta, a igreja enfeitada antecipadamente para as festas juninas.

— Lucas... mas tu nunca me disse nada assim antes. De sofrer por essas coisas. De querer mudar. Nunca disse.

— É que antes... antes num dizia porque num adiantava dizer. Mas agora... — Apertou o bolso da camisa, a passagem de ônibus lá dentro. — Painho mandou me buscar. Tem trabalho pra mim, trabalho bom, em São Paulo. E eu vou.

— Nunca disse de teu pai, também, antes — Marília não acusava, só falava com voz triste.

Uma voz e uma tristeza que cortaram o peito de Lucas feito faca, uma voz que doeu mais que tapa... Ah! Se ele pudesse, preferia bater um prego na língua do que dizer o que teria de dizer!

— A gente num vai mais se ver.

— Mas tu volta, não volta, Lucas? — Uma pausa longa. — Tu me ama, Lucas?

Passou um moleque correndo com uma pipa, passou seu Ermelindo com um cavalo, passou um caminhão levantando poeira na estrada de terra, passou gente conhecida a vida inteira. As saudades latejando no peito, sentimento que Lucas esmagou depressa, como se faz com um inseto. Nada de fraquejar.

— Não, Marília. É adeus.

— Então tu nunca gostou de mim. Foi tudo mentira entre a gente. Não é, Lucas? — As lágrimas. — Fala, homem! Uma vez na vida, fala!

Lágrimas grossas rolando pelo rosto da moça, e que coragem Lucas tinha de tocar naquelas lágrimas? Que jeito de dizer que ele podia naquele momento morrer por ela, mas não ia dizer de amor, não podia prometer volta, nem sabia por que tinha de ir ou o que teria de fazer. Ah! Se ele tocasse no rosto de Marília, ainda ia destrancar o choro do seu peito, e "homem não chora", ele tinha de ser um homem e não dizer a verdade, dizer "amor" em vez de "adeus".

Então Lucas se levantou do banco da praça e foi depressa descendo a rua, o gosto de despedida azedando a boca, falando adeus para as ruas, pessoas, casas... O sabor de medo no beijo para a mãe, o aperto no abraço para o irmão, Jurandir:

— Cuida de tudo, agora tu é o hominho da casa — ele disse para o menino de nove anos.

E o afago no cabelo do caçula, João, com três anos de idade e nem sequer conhecido pelo pai, que partira pra cidade grande depois de deixar a mulher de barriga.

No ônibus, seguindo para o Sudeste, tanto tempo Lucas pôde sofrer em silêncio e pensar no pai, na vida, no amor. Seguia só e, por companhia, os versos de um amigo de Olavo Bilac:

Sou o tempo que passa, que passa,
Sem princípio, sem fim, sem medida!
Vou levando as vaidades da vida!
Vou formando os minutos que correm
Formo as horas que passam no mundo.

...

Mais de quarenta horas de viagem. Lucas sentia o corpo dolorido de ficar tanto tempo sentado, sentia o gosto de fome na boca — o pouco dinheiro que mainha arrumara acabara no jantar da véspera. Mas havia curiosidade... tanta gente ali pela rodoviária. Rostos, cabelos, caras feias, o cheiro forte de multidão e de fumaça... a primeira impressão que São Paulo lhe dava.

— Tu é que é o Lucas? Filho do José?

Um homem estranho, baixote e gorducho, rosto redondo como lua, sorria para o rapaz. Lucas confirmou com a cabeça, os olhos rondando em busca do pai.

O estranho lhe deu uns tapinhas nas costas, pegou a mala. Indicou com o braço um rumo, seguiram por entre tanta e tanta gente, o homem apontou a escada rolante, Lucas não soube o que fazer, nunca na vida tinha visto escada rolante.

— Sobe aí que ela anda.

— Ela o quê?

— Anda. A escada anda. Vai, menino!

E o menino que existia em Lucas se divertiu com a novidade. Sorriu até o primeiro andar, olhos fixos no mecanismo que desdobrava a escada e o conduzia. Pensou em perguntar se podia ir de novo, mas o homem de cara de lua não sorria mais, então Lucas achou melhor não pedir.

Quem falou mais foi o homem, depois de instalados num ônibus que seguia da rodoviária para um dos bairros de periferia da cidade:

— E aí... primeira vez em São Paulo? O que tu tá achando?

O que poderia achar? Via prédios cinzentos, ruas cinzentas e céu cinzento. Via gente, tanta gente que nem conseguia encarar um por um, todos eles também ficando cinzentos e apressados.

Deu de ombros.

— Tu também num é de falar muito, né, menino? Igual teu pai. Só espero que num tenha puxado por ele em outras coisas também.

Sem entender por que, Lucas sentiu os olhos arderem. E naquele momento não gostou do homem de cara de lua. Havia nas suas palavras uma crítica ao pai e isso trazia um desgosto muito grande, porque Lucas não conhecia o pai — essa era a verdade — para poder defendê-lo.

Quando o ônibus chegou ao fim da linha, o homem gordo ajudou Lucas a descer com a mala. Apontou para um morro que se vislumbrava à frente, coalhado de casas de alvenaria e de madeira, algumas mais barracos do que casas.

— Vila Berenice. A gente chegou.

A mala revezava das mãos de Lucas para as do homem, que já sabia se chamar Tonhão. Seguiram por vielas entre as casas e os barracos até chegarem num raro sobrado de alvenaria, armazém à frente e varanda por cima. A casa de Tonhão. Ele não escondeu o orgulho:

— Eu que fiz. Com as próprias mãos.

Foi empurrando o rapaz para os fundos do armazém, apresentou rapidamente Lucas para uma mulher também gorducha e morena, a esposa de Tonhão. Esgueiraram-se por entre caixotes e caixas de mercadoria, ultrapassaram um banheirinho com privada e pia, Tonhão bateu numa porta e, sem esperar resposta, empurrou e entrou.

O pai. Muito mais magro do que Lucas se lembrava dele, muito mais pálido. O pai olhou na direção do filho, levantou o braço, tentou sentar na cama.

— Num força que o médico mandou repouso — disse Tonhão, jogando a mala no chão e olhando em volta do quartinho, como conferindo se o lugar comportava mais um colchão. — Bom, vocês devem ter muito que conversar. Depois Lucas vai lá pra frente, na mercearia.

Que tempo longo os dois ficaram se olhando! Talvez comparando as lembranças... Afinal, quando o pai partira, Lucas ainda era um menino. E agora tão alto, tão forte. José fez um sinal com a mão, o filho se aproximou, recebeu um arremedo de abraço, era enfim o gesto pobre de intimidade que poderia haver entre eles.

— A vida tá difícil, filho — disse José. — Pra gente como nós, tá sempre difícil.

...

Aos poucos, Lucas entendeu melhor a dificuldade. José era ajudante-geral na mercearia do conterrâneo, ganhava ali o salário que enviava quase inteiro pra mainha. Acordar às quatro e meia da manhã, preparar o café e receber o cesto de pão, atender os primeiros clientes que seguiam para o trabalho. Pelas oito horas, Tonhão aparecia, morava no andar de cima, conferia a féria e comandava o serviço de limpeza e o estoque. E no resto do dia era José — ou, agora, Lucas — quem varria, empilhava mercadoria, limpava balcão, atendia freguês e corria, levantava, pegava, carregava, fazia.

— Teu pai trabalha, trabalhou bem — explicou Tonhão certo dia. — Mas é aquilo... tem dia que ele num passa sem pinga. Num é sempre, que aí eu mandava embora. Mas foi por causa da pinga que levou ferro. Se meteu onde num devia, o diabo pôs tentação na sua boca, falou bobagem pra um malandro da favela, deu no que deu. Ainda bem que era faca curta.

A doença do pai era uma facada no estômago. Fora ao hospital, por sorte o estilete não pegara órgão vital, deram alta. Precisava agora de repouso e comida leve. Coisas que Tonhão lhe dava, mas por que de graça? As despesas de José iam para a conta do Lucas.

— Tem documento, não tem? — Diante da negativa, Tonhão se desconsolou. — Certidão de nascimento, pelo menos? Arre! Com essa aí tu tira RG e CPF e despois vem a carteira de trabalho. Vai tirar tudo isso. Mas sem pressa, que aqui o empregado mesmo é teu pai. Se gostar de seu trabalho, quem sabe, a gente pensa em registro.

— Num precisa não — respondeu o moço.

— Como num precisa? O que é que tu sabe dos direitos de empregado? Fica sabendo que Tonhão num é safado. Aqui mesmo, no bairro, tá cheio de patrão safado. Mas eu num sou, não. Sou crente. Já fui cabra malandro, já bebi mais que teu pai. Hoje Jesus me salvou. Tô ficando homem rico porque acredito em Deus e ajudo os outros. Que nem fiz com teu pai.

Lucas não sabia se devia acreditar na bondade de Tonhão. Apesar de defender os direitos dos trabalhadores, durante três anos o pai não fora registrado. Tonhão dizia que era coisa a fazer mais tarde, quando a mercearia firmasse. Chorava muito para pagar, preferia botar na conta os gastos de pai e filho, numa conta comprida e escrita em letra miúda, sempre difícil de acompanhar nas colunas de débito e crédito.

Lucas podia não entender muito da cidade grande ou da vida adulta, mas aquilo não lhe parecia correto. Só que aceitava. De modo difuso, fazia suas as ideias escuras de Augusto dos Anjos e se acreditava merecedor do mau destino:

Ah! Com certeza, Deus me castigava!
Por toda a parte, como um réu confesso,
Havia um juiz que lia o meu processo,
E uma forca especial que me esperava.

...

No dia do 17º aniversário, veio o telefonema da mãe. Naquele tempo, interurbano era caro igual perfume importado, a conversa pingou em gotas:

— Com tá a vida? O patrão é bom? E teu painho, melhorou? Aqui a gente vai com a graça de Deus. Nós tudo manda lembrança e quem manda lembrança também é a filha da Antonia. Marília inté pediu teu endereço e...

O coração gelou, calou de vez, mas... Ah! Por dentro dos pensamentos, que turbilhão: *mainha, num dá meu endereço pra ela. Nunca. Aqui é feio, mainha. Aqui é ruim. O patrão nunca paga direito. O pai melhorou, mas sai de noite, volta cheirando a pinga. Mas vou aguentar, mainha. Vou fazer tudo que tenho de fazer, mainha. Só num dá o endereço pra ela.*

Na hora de responder, encontrou na língua as mentiras certas: o patrão era do bem; o pai, o seu melhor amigo; e ele ainda virava doutor se dependesse da escola noturna e do bom tempo que tinha para estudar.

...

E dias viraram semanas, e semanas viraram meses. Mas como dizia o poeta:

Há de, Marília, mudar-se
Do destino a inclemência;
Tenho por mim a inocência,
Tenho por mim a razão.
Muda-se a sorte de tudo;
Só a minha sorte não?

Esses versos de Dirceu-Gonzaga indicaram, afinal, alguma esperança para Lucas.

— Menino! Claro que tu vai na festa da associação! — insistiu Tonhão. — Imagine, ficar sozinho em mercearia no Natal...

Era a festa natalina da Associação Comercial de Vila Berenice, na qual Tonhão era diretor. A sede funcionava num barracão de teto de zinco e área larga, onde aconteciam forrós aos sábados. Por muita insistência do patrão, Lucas tinha passado por lá em algum fim de semana, tempo pouco, só pra tomar um guaraná e sentir-se ainda mais sozinho ao ver os casais dançarem. Uma ou outra garota o encarou, mas Lucas nessas horas só conseguia sentir mais saudade ainda de Marília. Seus passeios acabavam tristes — mas era Natal, como dizia Tonhão.

— Toma. Isto é presente. — Tonhão tinha o rosto corado, desde o meio-dia vinha bebericando um licor. Estendeu o bolinho de notas para o rapaz.

— O que é?

— Tu merece. Trabalhou feito homem nesse tempo todo. Sabe, Lucas? Estou mesmo pensando. Tu não quer ficar de vez aqui, no quartinho? O teu pai... Bom, teu pai nem sei se me serve mais. Ele podia voltar pra terrinha. A gente continua mandando o dinheiro pra tua mãe e tu fica aqui. Posso até melhorar o salário. Um pouco, sabe como é... Mercearia não dá tão bem nos dias de hoje como já deu. Mas tu... tu me ficava de vez. Até registro eu faço.

Do jeito que fez com meu pai?, pensou Lucas. *Na promessa pra São Nunca?* Mas por que não? Trabalho duro por trabalho duro, por que não continuar? Já que o pai estava mesmo inútil... se era ele, Lucas, quem tinha agora a obrigação de ser o chefe da casa... então que José fosse embora. Ele dava conta de tudo. Cumpriria sua sina.

— Pode ser, seu Tonhão. — Pegou o dinheiro. — A gente conversa depois.

— Bom menino. Agora se apronta pra festa. E à meia--noite tem o culto. Se quiser aparecer…

Agradeceu o convite, mas sabia que não ia. Pelo menos nisso se reservava opinião. Não aparecia na igreja do patrão, continuava fiel, à sua maneira, à religião da mãe.

Pelas dez da noite, a festa da Associação Comercial de Vila Berenice estava animada. Música de forró e lambada, muitos casais dançando. Muita gente no salão conhecia Lucas do empório; o rapaz se viu cumprimentado uns e outros clientes. Viu mesmo a mocinha Lúcia lhe sorrir e acenar, ficando depois encabulada e tapando a boca com a mão. Lucas sorriu de volta dessa vez. Ela era legal. Sempre aparecia à saída da aula, comprando chiclete, e teve mesmo uma vez que perguntou por que ele não estava na escola. Lucas deu de ombros, não queria falar de si. Naquele outro dia. Mas era véspera de Natal. É preciso ter amigos na véspera de Natal.

— Quanto tempo estou à tua procura.

Lucas lentamente desviou os olhos da menina Lúcia, lentamente tentou recordar de quem era aquela voz. Foi um gesto largo, virar-se, abaixar o olhar, reconhecer a dona da voz, reconhecer o sorriso e o rosto bonito que estava ali, à sua frente.

À sua frente! Nem como visão, nem como desejo noturno, nem como punição por sua covardia, quem lhe aparecia?

— Marília, aqui?

— Aqui, Lucas. Aqui, sim. — Desandou a falar antes que desse medo de receber resposta enviesada: — Minha tia vinha de carro pra São Paulo com meu primo. Peguei carona. Pedi o endereço pra tua mainha. Ela deu. Mas achar isso aqui, na cidade! Tem dois dias já que estou aqui e… vixe! Só agora deu coragem de pegar ônibus, achar a rua da mercearia. O homem na mercearia disse que eu te achava aqui, e eu vim e... O que foi, Lucas?

O choro. As lágrimas amarradas no peito aquele tempo todo, o medo de que ela fosse de novo uma ilusão, ou de que ele acabasse mudo mais uma vez. Isso não, as palavras tinham de vir e serem fáceis e belas e limpas e Lucas sentia que o corpo tremia. Os braços que enlaçaram a menina estavam trêmulos, e ele não se importou se havia gente em volta deles, se a música era alegre e alta, se corpos dançavam e rodopiavam por ali, tudo desaparecia naquele momento. Era só Marília, seu sorriso, seu cabelo, seu olhar, sua vida que estavam ali. E o mundo desaparecia em manchas coloridas e rodopios, porque o mundo não mais existia.

Só havia Marília.

E a imensa necessidade de falar. Então Lucas tremia. Apertou os braços de Marília... Ela, quase assustada, mas... Ah! Disso não carecia. A menina ouvia e se abria em risos, porque o que ele dizia, como dizia, era:

— Amor. Eu te amo, Marília. Eu te amo, te amo, te amo, nunca acho que homem algum amou assim, te amo mais que o mundo, por que te larguei lá? Nunca mais vou fazer isso, porque se ficar aqui eu morro, Marília. Eu morro de triste e de só, e da dor de ficar longe de ti. Eu te quero mais que a vida e só nesta terra eu entendi isso, Marília. Marília, meu amor, meu mais que tudo, Marí...

E Marília calou o turbilhão de palavras do ex-silencioso namorado com os lábios. E foram tantos beijos, tantos! E foram tantos e tantos carinhos e palavras e sussurros e as confidências dos meses de solidão que afinal os olhos de Lucas se abriram. Ele se descobriu como um cego que afinal descobre a luz, porque Marília voltou e ela era o sol que o fazia ver. E entender.

Naquela noite mesmo, Lucas saiu do empório de Tonhão. Foi firme na conversa com o homem, disse que era muito jovem para ser só um ajudante sem futuro, sem escola ou profissão. E depois veio a conversa com o pai. José chegou de madrugada, meio bêbado, pouco assimilou das palavras do filho, nem reconheceu a mocinha que o acompanhava, mas o que José não entendeu na hora ficou sabendo no dia seguinte, pelo agora, de novo, patrão. Retomava o posto, ia maneirar no vício, tinha família pra cuidar afinal de contas.

Lucas e Marília ficaram uns dias na casa da tia da moça, em São Paulo. Depois das festas, procuraram escola, fizeram matrícula no noturno. Lucas usou o dinheiro extra do Natal para alugar um quarto, viu novo emprego. Marília também ajeitou trabalho e só voltaram à sua cidade nordestina meses depois para marcar a data do casamento.

...

Lucas nunca leu Tomás Antonio Gonzaga, Olavo Bilac, Augusto dos Anjos... ou Camões. Mas, se conhecesse seus poemas, quem sabe não se sentiria igual Jacob no poema camoniano? Depois de servir por sete anos o pai de Raquel, esperando casar-se com ela, Jacob descobriu que teria de trabalhar outro tanto para desposá-la. E disse:

Mais servira, se não fora para tão longo amor tão curta a vida!

Dispensando os poetas, é possível dizer, como no final de todos os contos de fadas, que...

... eles foram felizes para sempre.

editora
coerência

Esta obra foi composta na fonte Berkeley Oldstyle Book,
tamanho 12pt, e impresso em papel pólen soft 80g/m^2.
São Paulo, junho de 2019